Burnout

© 2022, Peter S. Fischer
Herstellung und Verlag:
BoD – Books on Demand, Norderstedt
ISBN: 9783756845194

Peter S. Fischer

Burnout

Mein Weg in und aus der Krise

Lektorat bei Elfriede Denk

Kapitel 1

Mein ganz normales Leben!

Ich führte meiner Meinung nach ein ganz normales Leben, wie andere junge Menschen in diesem Alter auch. Meine Kindheit war sehr schön, denn mein Vater erlaubte mir Eishockey zu spielen. Das meine Mutter nicht so gerne sah! Meine Jugendzeit war auch sehr spannend, denn ich lernte meine spätere Frau kennen.

1974 begann ich eine Berufsausbildung als Maschinenschlosser, ich schloss sie 1978 erfolgreich ab und verdiente mein Geld danach in dieser großen Maschinenfabrik. Danach wechselte ich meine Arbeitsstellen, wie mir beliebte!

Wie ich schon beschrieben habe, lernte ich sehr jung meine Frau kennen, ihre Berufsausbildung schloss sie als Friseuse erfolgreich ab. Bald darauf mieteten wir uns gemeinsam eine kleine Wohnung und verbrachten ungezwungen einige Jahre zusammen.

Einige Jahre später heirateten wir, es war das berühmte Datum 8.8.1988 und waren dabei sehr glücklich. Wir verbrachten weitere viele herrliche Jahre zusammen. Motorrad fahren war unsere größte Leidenschaft und wir fuhren oft mit unseren gemeinsamen Freunden jedes Jahr mit schweren Maschinen einige größere Touren und verbrachten so viele Urlaube zusammen!

Meine Frau bekam inzwischen einen guten Job in einem Büro, sie bemühte sich sehr, sich beruflich zu verbessern und ich verdiente mein Geld weiter am Schraubstock, wir besaßen immer genügend Geld, damit wir uns etwas leisten konnten. Wir sagten uns, dafür haben wir auch geschuftet. Für uns war das ein ganz normaler Alltag. Zu unseren Eltern und Verwandten besaßen wir kaum einen Kontakt.

Später kauften wir uns eine kleine drei Zimmer Gartenwohnung, wir dachten uns, dass wir ein drittes Zimmer benötigen würden, denn wir dachten an Nachwuchs!

Meine Frau wollte mit aller Macht ein Kind bekommen, was aber nicht klappte. Sie wäre einmal fast daran gestorben und trotzdem wollte sie nicht aufgeben.

Später bemerkte ich, dass eigentlich ihr Vater unbedingt einen Enkel haben wollte und seine Tochter damit erpresste. Sie wäre nicht mehr seine Tochter, wenn er nicht Opa werden würde, dann ist eben sein Hund, das kleine Enkelkind.

Ich wollte mit meiner Frau nur eine glückliche Ehe führen und deswegen besorgten wir uns einen kleinen Hund. Ich dachte, das würde sie von ihrem Problem etwas ablenken, aber es funktionierte nicht so, wie ich es mir vorgestellt hatte. Später kapierte ich, warum nichts mehr so war, wie es sein sollte.

Es war ein etwas zu groß geratener Yorkshire Terrier, niemand wollte die Dame. Ich wollte sie gerade deswegen und so sie kam in unser Heim, Aischa war unser Ein und Alles.

Ich glaubte, jetzt wird alles besser. Aber das war ein großer Irrtum, der Alptraum begann! Ich kann es nicht mit Sicherheit behaupten, aber ich denke, als der kleine Hund, in unser Leben kam, änderte sich plötzlich alles und unser glückliches, eingespieltes Leben hatte sich total auf den Kopf gestellt.

Nichts war mehr so, wie wir es kannten. Alles, wofür wir kämpften, unsere Ziele waren plötzlich wie weggeblasen.

Ich wurde immer mehr zum Einzelkämpfer, unser gemeinsames Leben wurde total auf den Kopf gestellt! Ich fragte mich oft, warum passierte das ausgerechnet uns?

In meinen jungen Jahren übersah ich sehr viel und mir wurde einiges verheimlicht, sogar von meinem Vater. Hätte ich alles gewusst, dann wäre mir sehr viel erspart geblieben, aber über dieses Thema habe ich im Buch „Der Wahnsinn an meiner Seite geschrieben." Vielleicht hätte ich in einigen Situationen anders gehandelt. In diesem Punkt bin ich mir ziemlich sicher!

Kapitel 2

Der Stress begann!

Meine Frau war nur noch krank, sie verbrachte immer mehr Zeit bei verschiedenen Ärzten, Heilpraktiker und anderen Wunderheilern.

Eines Tages begann der Alptraum, mit so etwas hatte ich nie gerechnet, meine Frau wollte an einem Abend alleine ihre Eltern besuchen, aber was ich nicht wissen konnte, sie fuhr nicht zu ihnen, sondern fuhr in einen nahegelegenen Wald. Sie machte dort ihren ersten Selbstmordversuch und kam daraufhin natürlich in ein Bezirkskrankenhaus in eine geschlossene Abteilung. Das geschah im Sommer 1996, es war ein rabenschwarzer Tag, mit so einem brutalen Einschnitt in meinem Leben konnte ich nie rechnen!

Ich fuhr jeden Tag in der Besuchszeit zu ihr und verbrachte ein paar Stunden in diesem Gefängnis, ich hätte mir damals nie vorstellen können, dieses Krankenhaus von innen zu sehen, aber das Schicksal meinte es nicht gut mit uns, ich musste viele Gespräche mit den Ärzten führen, meine Frau musste meistens bei den Gesprächen anwesend sein.

Langsam und ohne es zu realisieren, konnte ich nicht mehr meine Freizeit einteilen, so wie ich es eigentlich gewünscht hätte, der Tag wurde mir vorgegeben. Ich bemerkte nicht, dass ich ab diesem Zeitpunkt kein

Eigenleben mehr führte. Vor der Arbeit musste ich mit meinem Hund eine große Runde Gassi gehen, nach der Arbeit fuhr ich schnell zu ihr, dass meine kleine Hunde-Dame hinaus konnte, sie tat mir sehr leid, denn auch sie spürte, dass nichts mehr so war, so wie es einmal gewesen war. Sie war ab diesem Zeitpunkt, die meiste Zeit alleine!

Danach musste ich natürlich ins Bezirkskrankenhaus, denn nach ein paar Wochen Aufenthalt bekam meine Frau Ausgang mit einem Angehörigen und die Ärzte wollten, dass ich dafür Sorge, dass sie eingehalten wurden, ich war gezwungen jeden Tag zu erscheinen.

Das Abendessen war für mich nur noch ein kleiner Imbiss, meistens fuhr ich bevor ich ins Krankenhaus ging, bei einem Metzger oder Imbissstand vorbei und nahm ein Leberkäse-Brötchen oder so etwas Ähnliches mit und verspeiste es schnell im Auto.

Meistens war ich um 20,30 Uhr zu Hause, zuerst war natürlich mein kleiner Vierbeiner dran und danach war der Haushalt dran, putzen, Staubwischen oder Wäsche waschen. Feierabend hatte ich oft zwischen 22,00 Uhr und 23,00 Uhr, vorher schaffte ich es nie. 7 Tage die Woche voll ausgebucht, ich hatte es wahrscheinlich nie wahrgenommen, dass ich immer über meinem Limit arbeitete!

Erst dann konnte ich noch einmal mit meiner Hunde-Dame entspannt hinausgehen und danach in Ruhe ein Bier trinken. Hilfe hatte ich von niemand zu erwarten, auch von meiner Mutter nicht. Die meisten Freunde kehrten uns den Rücken zu und verschwanden aus unserem Leben, nur ein Pärchen, mit denen wir die meisten Motorradtouren unternahmen, blieben uns. Jetzt wussten wir, wer die wahren Freunde sind.

Mit den Schwiegereltern bekam ich Streit, denn sie führten einmal am Tag unseren Hund aus und machten sich in unserer Wohnung breit und wollten sich so einrichten, wie es ihnen passte, das wollte und konnte ich nicht zulassen.

Dazu machte der Schwiegervater meinen Hund böse und er hatte seiner Tochter heimlich Tabletten zugesteckt, sie besaßen eine gewisse Nebenwirkung, denn sie konnten zu Selbstmordgedanken führen, er versuchte es sogar im Krankenhaus, diese Tabletten ihr zu geben und wurde dabei erwischt und bekam daraufhin Besuchsverbot und ich schmiss ihn aus unserer Wohnung und nahm ihnen den Haustürschlüssel weg.

Ich konnte mich nicht mehr frei in meiner Wohnung bewegen, sie sperrten einfach meine Wohnung auf, selbst wenn ich unter der Dusche stand, beschwerten sie sich daraufhin, um diese Zeit duscht man nicht mehr!

Mein Ärger und Stress wuchs somit immer mehr an, statt, dass meine Frau und ich eine Hilfe von ihnen bekamen, wurden uns nur Steine in den Weg gelegt. Ich fragte mich ab diesem Zeitpunkt, warum gab der Schwiegervater, seiner Tochter diese Tabletten, mit dieser gemeinen Nebenwirkung. Damals hatte ich noch keinen Verdacht, aber diese blöden Tabletten verursachten einen großen Anteil von meinem Stress. Sie spielen in dieser Geschichte eine sehr große Rolle. Natürlich musste ich mich bei den Ärzten für die Tabletten und den Schwiegereltern rechtfertigen.

Ich war damals der Meinung, sie besaßen zu Hause mehr Tabletten, als eine Apotheke und natürlich glaubten sie, dass sie das Wissen dazu besaßen. Später erfuhr ich von seinem Hausarzt, dass er ihm befahl, welche Tabletten er zu verschreiben hatte, das versuchte er auch in diesem Bezirkskrankenhaus. Er steckte sie meiner Frau heimlich im Krankenhaus zu, wurde erwischt und bekam ein weiteres Besuchsverbot.

Bei einem Arztgespräch erfuhr ich es, ich glaubte, ich höre nicht richtig. Meine Schwiegereltern waren eben sehr dominant, alle sollten sich nach ihnen richten und sie duldeten keine Widerrede.

Meine Frau bekam mehr Ausgang und ich durfte sie ein paar Stunden mit nach Hause nehmen und das jeden Tag, somit wuchs mein Stress, ich bemerkte es nicht. Ich war nur noch wie eine Maschine, die alles nach einem genauen Zeitplan erledigte!

Ich fuhr von der Arbeit heim, ließ den Hund hinaus, holte meine Frau nach Hause, durfte kochen, brachte sie zurück, fuhr wieder heim. Damals merkte ich nicht, dass alles zu einer Routine wurde und kaum mehr Luft bekam, mich zu erholen. Ich wusste nicht, was noch auf mich zukam?

Es war fast immer der gleiche Tagesablauf. Natürlich hatte ich noch weitere Aufgaben, mit denen keiner rechnete, ich musste mich mit der Polizei auseinandersetzen, denn sie wurde von ihnen eingewiesen. Ihre Arbeitsstelle musste ich benachrichtigen.

Einen besonderen Nervenkrieg bekam ich jeden Tag am Telefon zu hören, meine Schwiegereltern nervten mich jeden Tag, ich solle ihre Tochter sofort, aus dem Bezirkskrankenhaus herausholen, sie gehöre nicht in eine Klapse, so nannten sie dieses Krankenhaus. Aber selbst ließen sie sich kaum darin sehen, aber nur maulen und befehlen, das konnte sie am besten!

Sie wollten es nicht einsehen, weil sie mit der Polizei eingewiesen wurde, konnte sie nicht so einfach entlassen werden. Der Streit wurde umso heftiger und es machte mir meine Aufgabe nicht leichter, oft saß ich in unserem Kinderzimmer, nachdem meine Hausarbeit erledigt und meine kleine Hunde-Dame versorgt war. Ich hielt ein Bier in der Hand und mir standen Tränen in den Augen, ich wusste nicht mehr wie es weiter gehen soll. Zum Rauchen hatte ich auch wieder

angefangen, obwohl ich zehn Jahre aufgehört hatte.
Jeden Tag saß ich mit meiner Frau in der
geschlossenen Abteilung und eines Tages war es
passiert. Ich glaubte, eine Zigarette macht mir nichts
aus, aber dabei blieb es leider nicht, ich war schnell
wieder bei der Menge angelangt, bei der ich damals
aufgehört hatte.

Finanzielle Sorgen beschäftigten mich auch, aber mit
diesem Problem wollte ich meine Frau nicht belasten,
wir hatten uns vor ein paar Jahren eine
Eigentumswohnung mit Garten gekauft, denn wir
planten schon damals einen kleinen Hund in die
Familie zu holen, ich dachte mir, das würde meine Frau
von ihrem zerstörerischen Kinderwunsch etwas
ablenken.

Jetzt fiel unter gewissen Umständen ein Verdienst
weg, was mache ich dann, mir musste etwas einfallen,
wie ich das schaffen konnte, viele Gedanken gingen
mir durch den Kopf, aber irgendwann fand ich doch die
richtige Lösung. Nur eins wusste ich, mir stand
niemand mit Rat und Tat zur Seite!

Fast ein ganzes Jahr verbrachte meine Frau damals in
der geschlossenen Abteilung im Bezirkskrankenhaus,
in der ich jeden Tag hin und herfuhr. Irgendwann war
für mich das ganz natürlich, dass ich jeden Tag in das
Krankenhaus fuhr und meine Frau in ihren Ausgang
nach Hause und später wieder zurückfuhr. Einen
Vorteil gab es doch, wenn meine Frau im Ausgang zu

Hause war, konnte ich schnell mal die Waschmaschine füttern, oder wenigstens einen Staubsauger in die Hand nehmen.

Aber der Ausgang konnte auch sehr schwierig werden, dass es ihr plötzlich sehr schlecht ging und ich sie früher in die Klinik zurückbringen musste. Das hieß meistens für mich, dass am nächsten Tag wieder ein Arztgespräch folgte, ich konnte nur hoffen, dass ich nicht früher von der Arbeit gehen musste und damit meine Minusstunden noch weiter anwuchsen.

Als dann meine Frau entlassen wurde, freute ich mich riesig und ich dachte, jetzt ist alles überstanden, jetzt fangen wir noch einmal von vorne an und wir machen uns ein schönes Leben, ohne Kind! Meine Frau musste zur Probe in eine Tagesklinik, ich dachte mir nichts dabei und ich war sehr zuversichtlich und ich freute mich wieder auf ein ganz normales Leben. Mir schien, dass sie sehr gut mit Tabletten eingestellt war.

Den Anschein konnte ich wirklich annehmen, dass sie wieder meine ganz normale liebe Frau war, dass sie alles schaffen konnte, was sie sich vorgenommen hatte. Damals nahm sie sich sehr viele neue Ziele vor, ich war der Meinung, sie sollte nicht gleich alle auf einmal angehen. Sie wollte wieder ein ganz normales Leben führen! Danach sollte sie bei ihrem Arbeitgeber eine Wiedereingliederung versuchen und später wieder für ein ganz normales Leben fit sein!

Kapitel 3

Der Stress geht weiter!

Es kam aber alles ganz anders, so wie ich mir das vorstellte, meine Frau wollte kein neues Leben beginnen. Sie wollte nur eines, ihr Leben beenden und meiner Meinung nach, wusste sie das schon, bevor sie entlassen wurde. Dazu kam, das Bezirkskrankenhaus und ich haben sie vor den Tabletten von ihrem Vater gewarnt!

Ich fand sie, als sie von neuem in der geschlossenen Abteilung gelandet war, ich fragte mich immer wieder, warum nahm sie die Tabletten, obwohl sie ihr nicht guttaten. Ich konnte sie nicht immer kontrollieren, mein Schwiegervater konnte seinen Vorteil nutzen, wenn ich in meiner Arbeit war.

Die Zeit verging und es folgten noch viele weitere Selbstmordversuche. Aus meinem Tagesablauf kam ich nicht mehr heraus, ich war nur noch eine Maschine, die sich an einen genauen Zeitplan hielt, um alles zu erledigen.

Dazu kam, das Krankengeld meiner Frau lief aus und ich musste mich zusätzlich darum kümmern, damit meine Frau wenigstens eine Zeitrente bekam. Das war noch eine weitere Anstrengung, die ich irgendwie zeitlich unterbringen musste.

Meine Frau und ich waren Mitglied im VDK und sie brachten die Zeitrente immer wieder durch. Die Dokumente, die sie unterschreiben musste, konnte ich mit ins Krankenhaus nehmen und einen Tag später im VDK abgeben. Es war eine zusätzliche Anstrengung, die sich aber lohnte.

Meine Frau musste, wenn sie entlassen worden ist, immer von zu Hause aus in eine Tagesklinik fahren, dort lernte sie eine Beschäftigungstherapie kennen. Ich dachte mir, hier ist sie sicher, wenn ich zur Arbeit ging, aber leider war es nicht immer so. Es war oft für mich das totale Chaos.

Entweder sie ging erst gar nicht hin oder sie verzog sich früher und verursachte zu Hause das totale Chaos. Sie kaufte sich unterwegs viele Dosen Bier, trank sie und versteckte sie zu meinem Leid im Kleiderschrank, dort lief der Rest des alkoholischen Getränks in die Wäsche. Warum machte sie das plötzlich alles, sie trank früher nie so viel Alkohol, dabei, machte sie ins Bett und kotzte überall in der Wohnung hin.

Ich konnte oft danach die komplette Wohnung putzen, ich hatte ja sonst nichts zu tun, oft wusste ich nicht, was ich zuerst putzen sollte.

Mein kleiner Hund wälzte sich oft noch in den Körperausscheidungen, die Wohnung stank oft fürchterlich. Mir blieb nur eines übrig, alle Fenster und die Terrassentür auf, egal wie kalt es draußen war.

Schnell machte ich mich an die Arbeit und brachte meine Frau ins Bad und duschte sie kalt ab, dass sie erst mal zu sich kam.

Hilfe bekam ich in dieser Hinsicht nie. Diese komischen Tabletten hatte sie natürlich bei sich und nahm sie natürlich ein. In mir kam jedes Mal eine unheimliche Wut auf und verständigte natürlich die zuständige Tagesklinik, ich versuchte es mit ihr in verschiedenen Tageskliniken, aber überall bekam ich das gleiche Malheur.

Was passierte danach, sie versuchte meistens kurz darauf einen weiteren Suizid und landete im Bezirkskrankenhaus in der Geschlossenen. Oft wurde ich von einer Tagesklinik unter der Arbeitszeit angerufen und musste früher meinen Job verlassen, was meistens trotzdem zu spät war, das Chaos war schon zu Hause passiert. Was mich in diesem Sinne stresste, denn ich musste die fehlende Arbeitszeit immer wieder einarbeiten und ich hatte trotzdem meine Aufgaben zu verrichten.

Natürlich folgten wieder viele Arztgespräche, die mir auch noch wichtige Zeiten raubten, oft einige wichtige Arbeitsstunden. Ich war immer ganz alleine auf mich gestellt und wusste oft nicht mehr ein noch aus. Ich fühlte mich am Abend nur noch ausgelaugt, ich war körperlich und psychisch am Ende. Dazu wurde ich noch von meinen Verwandten blöd angemacht, warum ich für sie keine Zeit hatte, denn sie hätten für mich einige wichtige Aufgaben, die ich unbedingt für sie erledigen sollte!

Meine Frau machte nacheinander die ganze Palette von Suizidversuchen durch, sie wollte sich in einem See ertränken, schluckte alle Tabletten, die sie fand. Sie kaufte sich Salzsäure, ich fand aber die Flasche rechtzeitig. Ein Messer wollte sie sich in den Bauch stoßen. Sie wollte sich vor einen Zug werfen, auf eine Autobahn wollte sie auch rennen und noch einige andere Versuche!

Immer wieder fragte ich mich, was wird sie als Nächstes versuchen. Ich hoffte, dass sie dabei keine bleibenden Schäden erleidet und am Ende noch im Rollstuhl landet, das wäre der größte Alptraum gewesen.

Ich musste, wenn meine Frau in die Küche lief, nachschauen, ob sie eins der großen Messer aus der Küchenschublade nahm und sich etwas antun wollte. Sie machte es leider immer wieder und so blieb mir nichts anderes übrig, das Besteck musste in den Keller und wenn ich etwas brauchte, musste ich einen Stock tiefer gehen.

Wenn meine Frau über Nacht zu Hause war und sie stand mitten in der Nacht auf, war ich auch wach, denn meistens, wollte sie sich etwas antun. Also musste ich blitzschnell raus aus den Federn und es verhindern. Ich konnte mir nie sicher sein, Tag sowie in der Nacht, dass etwas Unvorhergesehenes vorkommt, selbst wenn es ihr anscheinend gut ging. Die Krankheit kam in Schüben, von einer Minute auf die andere, konnte sie sich total verändern. Ich konnte es ihr ansehen, wenn es losging, sie wurden leichenblass und kalter Schweiß stand ihr im Gesicht. Ihre Depressionen brachte sie nie mehr los.

Trotzdem sollte meine Frau eine Reha machen, an einem kleinen Ort in der Nähe vom Ammersee und danach sollte meine Frau noch einmal eine Wiedereingliederung an ihrer Arbeitsstelle versuchen.

Ich brachte meine Frau mit unserem Auto dorthin, es ging ein paar Wochen ganz gut, natürlich mussten wir wieder ein paar Arztgespräche führen, natürlich wieder unter meiner Arbeitszeit und danach führten sie absolutes Besuchsverbot ein.

Wir führten öfters längere Telefongespräche und plötzlich erzählte meine Frau mir, dass ihre Eltern sich an das Besuchsverbot nicht halten wollen und sie kamen schon öfters zu ihr. Daraufhin sagte ich mir, warum sollte ich mich dann daran halten und fuhr gleich am nächsten Wochenende zu meiner Frau, wir trafen uns in einem Café in der Nähe vom Rehazentrum. Ich vermutete sofort, dass mein Schwiegervater wieder seine Tabletten seiner Tochter zusteckte und der Verdacht erhärtete sich, als sie mir erzählte, dass es ihr nicht besser ging und ihr das hier nichts bringe.

Einen Monat später, es war im Sommer 1996, mein Vorarbeiter feierte seinen sechzigsten Geburtstag, ich bin extra mit den Öffentlichen in die Arbeit gefahren.

Kurz vor der Brotzeit, das war kurz vor neun Uhr klingelte das Telefon im Meisterbüro, mein Vorgesetzter übergab mir den Hörer und sagte dabei, was hat deine Frau dieses Mal wieder angestellt. Ich erschrak schon, als ich eine bekannte Stimme von der Reha Anstalt hörte, die sehr aufgeregt wirkte.

Diese Ärztin erklärte mir, dass meine Frau schon seit letzter Nacht nicht auffindbar sei, sie werde von der Polizei mit der gesamten Hundestaffel gesucht und Militär sei auch mit eingesetzt. Ich muss sofort kommen und mit helfen, sie zu suchen, ich solle ein paar Freundinnen, mit denen sie sich dort angefreundet hatte mitnehmen, vielleicht habe ich dann eine bessere Chance sie zu finden. Ich erklärte der Frau, dass ich leider schon zwei Biere getrunken habe, da mein Vorarbeiter seinen runden Geburtstag feierte.

Die Frau am Telefon duldete keine Widerrede, ich musste mich sofort auf den Weg machen. Ich fuhr sofort nach Hause, nahm meine kleine Hunde-Dame natürlich mit und raste so schnell ich konnte zu der Reha Anstalt. Ganz nervös empfing mich die Frau und die Freundinnen warteten auch schon auf mich. Die Freundinnen stiegen bei mir ins Auto ein und wir fuhren direkt zum nächsten Ammersee Ufer.

Meine Frau kannte ein paar Stellen am See, wo sie sich damals wohlfühlte. Alle Stellen fuhren wir gemeinsam ab, aber wir konnten meine Frau nicht finden, nach einigen Stunden suchen, wollten die Frauen nicht mehr und ich fuhr sie zurück und machte mich alleine auf die Suche mit meinem kleinen Hund und nach einiger Zeit wurden wir doch am Ufer fündig.

Ich brachte meine Frau zuerst in ein dort ansässiges Café, sie hatte tatsächlich versucht sich das Leben zu nehmen. Sie war fix und fertig, statt eines Kaffees trank sie leider nur ein Bier, sie wollte nicht zurück in die Reha Klinik fahren, ich musste meine gesamten Nerven zusammenreißen und brauchte meine gesamte Überredungskunst.

Nach ihrem zweiten Bier stieg sie letztendlich in mein Auto. Das war mein größter Fehler, den ich jemals gemacht hatte. Genauer beschrieben habe ich das in dem Buch: „Der Wahnsinn an meiner Seite, das dramatische Leben eines Menschen mit einer psychisch kranken Partnerin."

Denn auf dem Weg zur Reha Klinik riss meine Frau in einer sehr starken Kurve die Beifahrertüre auf und wollte sich hinausstürzen, sie wollte das zu Ende bringen, was sie bisher nicht geschafft hatte. Ich wollte die Türe wieder zuziehen, aber bedauerlicherweise landete ich bei dem Versuch, mit dem Auto im Graben.

Ich versuchte, mit dem Auto aus dem Graben zu kommen, aber auf die Polizei brauchte ich nicht lange zu warten. Was ich bei dem Unfall nicht mitbekommen habe, ich touchierte ein Straßenschild, in diesem Fall galt die 0,3 Promille Grenze, ich musste mitkommen zur Blutprobe und meine Frau wurde sofort in das Rehazentrum zurückgebracht. Mein Pech war, ich hatte 0,35 Promille und das hieß, ich hatte eine Gerichtsverhandlung und mein Führerschein war weg.

Dazu bekam ich großen Ärger mit dem Rehazentrum, weil meine Frau sich unerlaubterweise entfernt hatte, sollte ich einen Teil des Polizeieinsatzes zahlen, es war angeblich ein Hubschrauber mehre Stunden im Einsatz. Meine Rechnung belief sich somit, auf Fünfzigtausend DM und dazu kam, mein eigener Schaden, Führerschein, ca. fünftausend Euro und Totalschaden an meinem Auto.

Wie so oft nach einem Suizidversuch meiner Frau, bekam ich Ärger mit der Polizei, der aber bisher nie so teuer war, in diesem Fall brauchte ich auch einen Anwalt, ich war total mit den Nerven fertig, ich wollte helfen und wurde jetzt noch dafür bestraft, was hatte ich verbrochen?

Ich bekam furchtbare Existenzängste, das konnte ich nicht bezahlen, soviel Geld besaß ich nicht, ich hatte noch Schulden wegen unserer Wohnung, ich konnte nicht mehr ruhig schlafen, verliere ich jetzt noch unsere Eigentumswohnung, ich wusste nicht, was ich verbrochen hatte, ich wollte helfen und jetzt wurde ich noch dafür bestraft.

Noch am selben Tag wurde meine Frau ins Bezirkskrankenhaus gebracht. Ich ahnte sofort, weil meine Frau von der Polizei gesucht wurde, dass sie mindestens ein halbes Jahr, wenn nicht sogar ein Jahr in der Geschlossenen verbringen wird, leider hatte ich in diesem Fall recht!

Um mein Problem musste ich mich selbst kümmern, mein Führerschein und die fünfzigtausend DM. Ich ließ mich von einem Anwalt vertreten und dieser meinte, das Heim hat die Aufsichtspflicht verletzt und muss sich darum kümmern, in welchen gesundheitlichen Zustand meine Frau war.

Heilfroh war ich, als diese Last von meinen Schultern war, ich merkte, dass mich damals diese Geschichte sehr belastete und nicht ganz unschuldig waren meine Schwiegereltern mit ihren Tabletten und sie hatten eigenwillig das Besuchsverbot verletzt.

Ich hatte aber jetzt ein weiteres Problem, ich hatte kein Auto mehr und keinen Führerschein. Jetzt musste ich alles mit den Öffentlichen oder mit dem Fahrrad fahren. Da es gerade Sommer war, fuhr ich alles meistens mit dem Fahrrad.

Was ich heute anders machen würde? Das war mir ganz klar, ich brauchte nicht lange zu überlegen? Mit Sicherheit würde ich mich an der Suche nicht mehr beteiligen, ich würde nicht mehr an den Ammersee rasen und mit Sicherheit nicht mehr meine suizidgefährdete Frau in mein Auto einsteigen lassen. Einen Krankenwagen würde ich kommen lassen oder die Polizei anrufen. Ich war in dieser Hinsicht zu naiv, ich wollte alles richtig machen und wurde dafür brutal bestraft.

Ich hatte wirklich geglaubt, ich muss unbedingt suchen helfen, dass ich dazu verpflichtet war. Dazu würde ich das Besuchsverbot selbst nicht verletzen, egal wie oft meine Schwiegereltern dort hinfahren, ich würde die Zeit für mich nutzen und mich entspannen und erholen!

In einer Hinsicht hatte ich sehr Glück gehabt, dass niemand verletzt wurde, aber diese Geschichte belastete mich so, dass ich jede Nacht sehr furchtbare Alpträume bekam und nicht mehr gut schlafen konnte, die Geschichte ließ mich nicht mehr los.

Auch heute denke ich hin und wieder mal daran. Alpträume bekam ich keine mehr, aber ich muss mich immer noch ärgern, dass ich damals einen sehr großen Fehler machte, denn ich hatte mich selbst fertig gemacht und mache mir deswegen große Vorwürfe!

Ich brauchte Monate diesen Ärger wieder gutzumachen, denn meinen Führerschein hatte ich ein halbes Jahr weg und ein Auto brauchte ich auch wieder. Meine Frau tat dies auch leid, denn als es ihr ein wenig besser ging. Realisierte sie, was sie mit ihrem Suizidversuch kaputt machte, denn ich konnte sie nicht mit dem Auto zu einem Ausgang nach Hause fahren. Wir mussten mit der Straßenbahn fahren, somit konnte sie nicht so viel Zeit zu Hause verbringen. Einen Arbeitsversuch konnte meine Frau auch nicht mehr beginnen.

Ich war am Abend immer alleine zu Hause, bei meinem Hund, wenn ich so um 22,30 oder 23,00 Uhr mit der Arbeit fertig war, trank ich inzwischen schon etwas mehr, ich wollte von meiner Belastung herunterkommen, es war niemand da, der sagte, jetzt reicht es oder ein Bier noch, dann hörst du auf, wer sollte das mir sagen. Meiner kleinen Dame war das egal, Hauptsache ich war mal bei ihr und gab mich mit ihr ab.

Ich hatte nicht das Glück, dass alles besser wird. Mir wurden immer wieder Steine in den Weg gelegt, somit wurde alles nur noch stressiger, dass ich weiterhin Ärger mit den Schwiegereltern hatte, war inzwischen ganz normal. Aber daran gewöhnen konnte ich mich trotzdem nicht, es nervte furchtbar. Ich möchte auch behaupten, dass seine Tabletten etwas damit zu tun hatten, dass meine Frau wieder einen schlimmen Suizidversuch durchführte!

 Wenn sie in der Geschlossenen untergebracht war, wurde sie kaum von ihren Eltern besucht, nur am Abend am Telefon musste ich weiter ihre Boshaftigkeiten anhören.

Das Neueste war, das Bezirkskrankenhaus hatte eine sehr böse Überraschung für mich, wenn meine Frau Ausgang bekam, kontrollierten sie mich. Ich durfte in dieser Zeit keinen Handstrich Hausarbeit mehr unternehmen, außer eine Mahlzeit zubereiten. Abspülen oder weitere Tätigkeiten durfte ich nur noch tun, wenn meine Frau wieder im Krankenhaus war und zu Hause war ich frühestens um 20,45 Uhr mit dem Fahrrad.

 Nicht einmal die Waschmaschine durfte ich einschalten, als ich einmal erwischt wurde, verteidigte ich mich so, was soll das, die Maschine läuft doch alleine, ich brauche doch nur 5 Minuten um sie zu füttern und einzuschalten. Nein, das durfte ich nicht!

 Jetzt bekam ich einen Stressfaktor mehr, denn ich ging noch später ins Bett und bekam dazu noch Ärger im Haus. Denn meine Nachbarn duldeten nicht, dass die Maschine nach 22,00 Uhr noch lief. Das konnte ich verstehen, aber was sollte ich tun. Staubsaugen konnte ich auch nur um die Zeit, ich machte mir damit keine Freunde im Haus.

Ich besaß einen Garten, wann sollte ich den Rasen mähen oder andere Arbeiten durchziehen, wie Hecke schneiden, mir blieb nur dafür das Wochenende, aber nur Vormittag, denn meine Frau holte ich meistens, wenn sie ihren Ausgang bekam, um 14 Uhr ab. Alles musste genau geplant sein.

Das Bezirkskrankenhaus beinhaltete eine Selbsthilfegruppe für Angehörige, da ging ich eine kurze Zeit hin. Damals hoffte ich, dass ich hier die nötige Hilfe bekam, vielleicht ein paar gute Ratschläge. Wie ich es mir leichter machen könnte, die bekam ich auch. Ich sollte auch mal an mich denken und mich durchsetzen. Nur wie?

Aber was passierte, ich holte meine Frau ein paar Mal später ab und sie konnte ihren kompletten Ausgang nicht nutzen, weil ich meine Arbeit in dieser Zeit erledigen wollte. Also wurde ich gleich wieder in ein Ärztegespräch geschleift und wurde sehr energisch belehrt, dass ich für meine Frau, wenn sie Ausgang bekam, immer da sein muss, es dreht sich hier alles nur um den Patienten. Wie ich alles schaffe, das ist alles alleine meine Angelegenheit, sie muss den vollen Ausgang nutzen können.

So kam es, wie es kommen musste, alles lief nach wie vor nach einem gewissen Zeitplan und der Stress ging weiter. Ich fühlte mich nur noch wie eine Maschine, die auf vollen Touren lief, es wurde zu einem Marathon!

Das Schicksal meinte es mit mir nicht gut, mein Vater wurde in der Zeit schwer krank, er bekam Lungenkrebs und wurde operiert, jetzt hatte ich zwei Krankenhäuser, in denen ich gehen musste und meiner Mutter ging es natürlich sehr schlecht.

Die Aufgabe wurde größer und ich wusste oft nicht, wohin ich zuerst gehen sollte, aber nach einer gewissen Zeit hatte ich es heraus. Zuerst kümmerte ich mich um meinen Hund, dann fuhr ich zu meiner Frau, holte sie zum Ausgang, brachte sie wieder zurück. Ging danach zu meinem Vater, fuhr heim. Lief eine große Gassi Runde, danach ging bestimmt das Telefon, an der meine Mutter oder meine Schwiegereltern am anderen Ende waren.

Meine Mutter wollte getröstet werden und war mit ihren Nerven am Ende, ich durfte keine Schwäche zeigen und sie wollte hören, dass bei mir zu Hause alles in bester Ordnung war und es an nichts fehlte. Es war aber leider nicht so, ich war am Ende, den der Tag fing bei mir kurz nach vier Uhr an und hörte kurz vor 24 Uhr auf. Denn ich musste meine Hausarbeit immer mehr in die Nacht verschieben, ich wusste überhaupt nicht mehr, was entspannen ist. Somit wurde mein Zigaretten- und Bierkonsum immer mehr, ich merkte es gar nicht mehr, was ich rauchte und trank.

Heute würde ich diesen Tagesablauf gar nicht mehr durchstehen, ich glaube, ich würde nach ein paar Wochen zusammenbrechen. Ich weiß gar nicht mehr,

wie ich das schaffen konnte, keinen richtigen Schlaf,
kaum Zeit zum Essen. Nur wenn meine Frau einen
richtigen Ausgang bekam, dann hatte ich Zeit zu
kochen und wir konnten gemütlich essen. In eine
Gaststätte oder Restaurant gehen, traute ich ihr nicht
mehr zu.

Einkaufen versuchte ich mit ihr, aber wenn sie im
Laden einen depressiven Schub bekam, konnte ich es
vergessen und musste den Einkauf schnell abbrechen.
Also was war die Folge, ich musste es irgendwie
alleine schaffen, bevor ich meine Frau abholte, den
Einkauf zu organisieren. Ich musste genau wissen, was
ich zu einkaufen plante, es musste alles blitzschnell
vonstattengehen. Für einen gemütlichen Einkauf war
keine Zeit vorhanden.

Einen Braten in die Röhre schieben, das konnte ich
vergessen, dafür war in den Ausgängen zu wenig Zeit,
ich versuchte es einmal, aber kurz bevor wir essen
konnten, bekam meine Frau einen Schub. Ich musste
den Herd ausschalten und sie wieder zurückbringen ins
Bezirkskrankenhaus. Den Braten konnte ich für diesen
Tag vergessen, denn meistens musste ich noch ein paar
Stunden dableiben, mir waren die Hände gebunden.

Heute würde ich das nicht mehr durchstehen, ich
würde mir selbst eine Auszeit gönnen und mich für ein
paar Stunden erholen. Warum hatte ich es in dieser Zeit
nicht geschafft? Ich hatte nur an meine Frau, Vater und
meine Mutter gedacht, aber an mich, nie! Selbst wenn

ich ein paar Tage Urlaub bekam, dachte ich nicht an mich. Ich versuchte alles zu erledigen, für diese nach der Arbeit nie genügend Zeit vorhanden war. Selbst im Urlaub kam ich nie zur Ruhe, warum nicht?

Ganz einfach, ich kam aus meiner Rolle nicht heraus und versuchte meine Aufgaben genauso zu erledigen, so verging ein Urlaubstag nach dem Anderen und ich wunderte mich, dass der Urlaub schnell vorüber war, aber wirklich entspannt und ausgeruht war ich nie und schnell hatte mich der ganz normale Alltag wieder.

So kam ich eines Tages darauf, dass ich eins versuchen werde, mit meiner Frau eine kleine Flugreise zu organisieren, ich dachte, das muss doch machbar sein. So brauchte ich nicht kochen, meine Frau wäre in einer anderen Umgebung und vielleicht würde ihr das auch guttun. Ihre Psychologen befürworteten das Unternehmen und wünschten uns einen schönen Urlaub. Ich plante es, als meine Frau schon ein paar Wochen aus dem Bezirkskrankenhaus entlassen war und etwas stabiler schien.

Aber es war nicht so, wie ich es mir gedacht hatte, wie so oft, machte mir meine Frau einen Strich durch die Rechnung. Sie bekam doch einige Schübe und wir mussten zum Beispiel den Speiseraum verlassen und aufs Zimmer gehen, sie nahm heimlich zu viele Tabletten, obwohl ich ihre Tabletten immer für sie einteilte und aber plötzlich waren keine mehr vorhanden.

Somit bekam ich die Aufgabe, wo bringe ich schnell im Ausland genau diese Psychopharmaka her, sie nahm damals Tavor ein und natürlich einige andere Tabletten. Wir mussten uns einige Arztbesuche über uns ergehen lassen und diese auch sofort bezahlen. Letztendlich bekamen wir die Tabletten, aber ich musste mit ihr in eine andere Stadt mit dem Bus fahren, was auch nicht so einfach war. Aber irgendwie schafften wir es doch.

Ich versuchte einen weiteren Urlaub und meinte, ich mache es diesmal besser, meine Frau fand immer einen Weg, dass etwas schieflief und ich mir irgendwann sagte, ich fliege nie wieder mit meiner Frau weg. Denn entspannt kam ich nie aus dem Urlaub, im Gegenteil, ich musste mir Sorgen machen, dass etwas Außergewöhnliches vorkam und wir im Ausland Ärger bekamen.

Darum beschloss ich, höchstens mit dem Auto einen Urlaub planen und nicht so weit wegfahren, dass ich, wenn es darauf ankam, in ein paar Stunden zu Hause sein konnte.

Selbst das, bedeutete Stress, schon bei der Anfahrt, immer wieder musste ich eine ungewollte Pause einlegen und ihr gut zureden und im Hotel viele Stunden auf dem Zimmer verbringen. Ich wusste nicht mehr, wie ich mich im Urlaub entspannen konnte. Für mich war in diesem Urlaub klar, ich konnte nicht mehr alleine, mit meiner Frau in den Urlaub fahren, denn ich konnte mich nicht mehr erholen.

Ich war verzweifelt und für mich war es eine Bestätigung. Die Ärzte hatten inzwischen eine Diagnose gestellt, dass meine Frau chronisch krank war, sie hatte Depressionen, Schizophrenie und psychosomatische Schmerzen, meine Frau würde nie mehr gesund werden, diese Hoffnung konnte ich aufgeben.

Darum stellte ich mir die Frage, wie sollte das weiter gehen, wie sollte ich das schaffen? Ich wusste jetzt, das wird für mich eine riesige Aufgabe, schaffe ich das wirklich? Ich fühlte mich jetzt schon total ausgebrannt? Vor allem, ich musste es alleine schaffen.

Das Bezirkskrankenhaus konnte ich nicht mehr sehen, kannte jeden langen Gang auswendig, ich kannte jeden Arzt, jede Schwester mit dem Namen und sie kannten mich. Auch einige Patienten kannte ich schon mit dem Namen. Ich fühlte mich inzwischen so, als wäre ich schon irgendwie Eigentum von diesem Krankenhaus!

Wenn ich meine Frau besuchte, wusste ich sofort wo sie sich befindet, im Raucherraum, wo sonst, ich weiß nicht warum, aber die meisten Insassen der Geschlossenen rauchten, auch Ärzte und Schwestern?

Kapitel 4

Ein folgenschwerer Suizid!

Nach jeder Entlassung, hoffte ich immer wieder aufs Neue, dass jetzt alles besser werden würde, aber ich täuschte mich. Es kam noch schlimmer!

Meine Frau wurde nach einem sehr langen Aufenthalt wie so oft entlassen, sie musste Untertags, wenn ich in meiner Arbeit war in die Tagesstätte gehen, was dieses Mal von der geschlossenen Abteilung aus, mit ihr geübt wurde. Dieses Mal sollte alles viel besser werden, ich glaubte auch daran, denn sie war mit neuen Tabletten eingestellt worden! Ich sagte mir, man soll nie die Hoffnung aufgeben!

Einige Tage und Wochen lief alles Bilderbuch mäßig ab, ich ging meiner Arbeit nach und meine Frau ging in die Tagesklinik, mein Schwiegervater fuhr sie extra dort hin, ich beschwor ihn, dass er dieses Mal seine Tabletten ihr nicht zustecken sollte. Aber machte er das wirklich, irgendwie glaubte ich nicht daran, denn er war sehr dominant?

Nach ein paar Wochen, an einem Wochenende, ich war gerade unter der Dusche. Ausgerechnet in diesem Moment bekam meine Frau einen größeren Schub, ihr ging es sehr schlecht, ich wollte schnell aus der Dusche und zu meiner Frau eilen, aber dazu kam es nicht mehr. Sie rief nur noch, ich laufe zum Zug und rannte über die Terrasse davon, ich sprang aus dem Bad und zog mir schnell etwas über und rannte hinterher. Die Terrassentür war mir leider in der Eile im Weg und das Glas zersprang.

Ich rannte so schnell ich konnte hinterher, ich wusste zu diesem Zeitpunkt nicht, wie schnell meine Frau rennen konnte, sie schaffte es tatsächlich bis zu den Gleisen zu kommen, sie legte sich sofort auf die Gleise.

Ich konnte nur noch zuschauen, wie ein Güterzug kam und laut hupte. Meine Frau sprang doch im letzten Moment schnell auf, sie hatte eine Stofftasche am Arm. Für sie war es zu spät, denn die Tasche verfing sich an einem Wagon und zerfetzte dabei ihre Hand.

Ich eilte zu ihr und brachte sie nach Hause. Damals besaß ich noch kein Handy, ich rief sofort von zu Hause den Notruf an. Natürlich war zuerst die Polizei da, somit wusste ich sofort, was meiner Frau blühen würde und sie stellte natürlich einige Fragen?

Ein paar Sekunden später traf der Rettungsdienst ein und versorgte meine Frau und nahm sie sofort mit. Ich war total geschockt, ich wusste erst gar nicht, was ich zuerst tun sollte.

Diesmal war ich mal nicht so hektisch, ich räumte erst notdürftig die Sachen vom Rettungsdienst auf, ging mit meinem Hund hinaus, denn ich wusste inzwischen, dass meine Frau nicht so schnell aus der Notaufnahme kam und wenn, dann konnte ich so und so nicht helfen.

Ich wusste, dass dieser Tag für mich sehr lang werden würde, deswegen hatte ich auch zuerst meine arme Hunde-Dame versorgt.

Danach fuhr ich sofort ins Krankenhaus und meine Vermutung bestätigte sich, dass dieser Suizid folgen haben würde für meine Frau, ihre Hand musste operiert werden, ihr musste eine Platte eingesetzt werden, sie hatte einen bleibenden Schaden, aber sie konnte ihre Hand nach einiger Zeit wieder benützen, aber mit gewissen Einschränkungen.

Ich kam erst nach Mitternacht aus dem Krankenhaus, solange musste ich warten, bis meine Frau richtig versorgt war. Ich rechnete, weil sie sich selbst verletzte und von der Polizei eingewiesen wurde, dass dies ein sehr langer Aufenthalt bedeutet.

Es war zum Verzweifeln, ich wusste nicht mehr, was ich tun sollte. Ich machte mir große Vorwürfe, warum musste ich mich zu diesem Zeitpunkt ausgerechnet duschen, wenn meine Frau sich das Leben nehmen will. Warum, konnte ich nicht schneller rennen, ich hätte sie einholen müssen, warum habe ich das nicht geschafft?

Ich heulte in dieser Nacht sehr viel und hatte einige Biere in mich hineingeschüttet. Ich gab mir alleine die

Schuld an diesem Suizid, weil ich hätte das spüren und verhindern müssen. Aber was mich aufregte, ich fand wieder diese blöden Tabletten.

Ich konnte trotzdem nach vermehrten Biergenuss nicht mehr richtig schlafen, immer wieder kam mir in der Nacht die Szene, in der meine Frau ihre Hand zerschmetterte. Schweiß gebadet wachte ich immer wieder auf. Ich fragte mich damals immer wieder, was haben wir verbrochen, dass uns das passieren musste? Hat Gott uns im Stich gelassen?

Gleich in der Früh musste ich bei der örtlichen Polizei erscheinen, denn sie wollten mit mir ein Protokoll von dem Vorfall schreiben. Dabei erklärte mir der Beamte, dass die Bahn an mich Regressansprüche stellen würde, weil meine Frau in den Schienenverkehr eingegriffen hatte und der Güterzug eine Zwangsbremsung einleiten musste. Die Bahn wird bestimmt eine Forderung von umgerechnet fünfzigtausend Mark stellen.

Ich war total geschockt, ich wusste nicht mehr was ich sagen sollte, ich war sprachlos, das darf doch nicht wahr sein! Was kommt noch auf mich zu, ich hatte noch nicht einmal die vorherige Geschichte verdaut und jetzt kam schon die nächste Tragödie auf mich zu?

Wieder bekam ich Existenzängste, ich musste mit jedem Pfennig rechnen, durch die Krankheit meiner Frau hatten wir wesentlich weniger Geld zur Verfügung! Woher sollte ich diese fünfzigtausend DM herbringen und bezahlen? Ich brauchte dringend jemand, der mir half?

Ich wandte mich wieder an den Betreuer im Bezirkskrankenhaus und der meinte: „Er kenne einen Mann bei der Bahn, mit dem habe er öfter zu tun, weil seine Patienten im Haus öfters Suizidversuche auf den Gleisen ausüben, bis jetzt habe er es immer hinbekommen, dass die Patienten nichts bezahlen mussten, er werde sich gleich umgehend darum kümmern." Ich war damals sehr froh, dass es diesen Mann gab!

Es dauerte natürlich einige Tage, bis die Angelegenheit ausgestanden war. Ich sagte mir immer wieder, der Mann weiß, was er sagt, aber trotzdem kamen mir immer wieder Zweifel und ich malte mir die schlimmsten Situationen aus. Die Existenzangst blieb mir, bis ich es schriftlich in der Hand hatte, dass die Angelegenheit eingestellt wurde. Ich war heilfroh, als ich das erfuhr, aber trotzdem war ich mit meinen Nerven am Ende!

Meine Frau wurde natürlich sehr schnell ins Bezirkskrankenhaus verlegt und die Hand wurde von hier aus weiter behandelt.

Aber was meine Situation noch weiter zuspitzte, meinem Vater ging es sehr schlecht und kam noch einmal ins Klinikum, seine Adern in einem Fuß machten zu und er musste operiert werden. Jetzt hatte

ich wieder zwei Patienten, die ich besuchen musste.
Der Stress blieb mir erhalten und das Telefon am
Abend stand nicht still. Meine Mutter wollte natürlich,
was ich verstand, getröstet werden!

Die Nacht wurde für mich in dieser Zeit wieder um
einiges kürzer. Ich hatte keine Zeit, um einmal tief
durchzuschnaufen, ich kam mir vor, als wäre ich nur
noch eine Maschine, die nach einem genauen Zeitplan
lief. Am Abend, wenn ich meine Arbeit hinter mir hatte
und mein kleiner Hund versorgt war, schüttete ich ein
paar Bier in mich hinein, heulte, haderte mit Gott und
der Welt, ob er meine Frau und mich verstoßen habe.

Aber trotzdem stand ich um 4,30 Uhr auf, ging mit
dem Hund hinaus und fuhr in meine Arbeit, ein neuer
Tag, ein neuer Kampf und neuer Stress!

Meinem Vater ging es mit seinem Fuß nicht gut, aber
wir sagten uns, er hat den Lungenkrebs überstanden, so
wird er auch dies überstehen. Aber es wurde
schlimmer, statt eines kleinen Eingriffs, wurde es eine
große Operation, der Fuß musste ihm abgenommen
werden.

Ich war in der Arbeit, ein Anruf vom Klinikum nahm
mein Meister an, mein Vater lag im Sterben! Ich fuhr
sofort, so schnell es ging, ins Krankenhaus und kam
noch rechtzeitig, um mich von ihm zu verabschieden.
Er wachte von dieser Operation nicht mehr auf. Meine
Mutter wurde von ihrer Schwester aufgenommen, aber

ich hatte keinen Menschen, bei dem ich mich aussprechen konnte, mit dem ich meine Sorgen austauschen konnte.

Ich hatte meinen kleinen Hund, der mich ein wenig ablenkte, später waren es meine Zigaretten und einige Flaschen Bier. Ich fragte mich, falle ich noch tiefer, was kam noch auf mich zu, kommt es noch ärger? Eigentlich konnte es nicht mehr schlimmer kommen, aber das Leben meinte es mit mir nicht gut.

Zur Beerdigung konnte meine Frau nicht mit gehen, denn sie war in ihrer neuen Heimat, in der geschlossenen Abteilung, inzwischen verbrachte sie dort mehr Zeit, als zu Hause.

Meine Mutter rief mich jeden Tag an, ich konnte sie verstehen, bei ihrer Schwester konnte sie nicht auf Dauer bleiben, nach ein paar Tagen musste sie zurück in ihre Wohnung. Fast jeden Tag fuhr ich vom Bezirkskrankenhaus nach Hause, holte meinen Hund und fuhr danach zu meiner Mutter. Sie verstand es nicht, dass ich nicht rund um die Uhr bei ihr bleiben konnte, ich hatte noch andere Aufgaben.

Kaum war ich zu Hause angekommen, klingelte das Telefon und meine Mutter war am Telefon, ich solle unbedingt noch einmal zu ihr kommen oder sie wollte stundenlang mit mir telefonieren. Ich musste unbedingt stark bleiben, damit ich meine Mutter nicht mit hinunterziehe. Ich konnte mich nicht mehr auf meine anderen Aufgaben konzentrieren.

Es war zum Verzweifeln, ich hatte meine Sorgen mit meiner Frau und jetzt musste ich mich noch um meine Mutter kümmern. Es war klar, dass sie Hilfe brauchte, nur die Umstände waren für mich Stress, jeder wollte zuerst versorgt werden, mit jedem sollte ich möglichst viel Zeit verbringen, an mich konnte ich keine Minute denken. Ich fühlte mich, als wäre ich ein Einzelkämpfer.

Der Alltag, meine Mutter und meine Frau hatten mich fest im Griff. Ich glaube, ich war inzwischen schon ein perfekter Hausmann geworden, ich musste alles alleine schaffen. Ich wusste, wie ich es tue und wusste der Reihenfolge nach, wie es am schnellsten geht. Nur eine perfekte Hausfrau hätte gewusst, wann und wie sie nach ihrer Hausarbeit entspannen konnte.

Ich hatte schon die nächsten Projekte im Kopf und überlegte wie ich, das am schnellsten erledigen konnte. Statt ich mir überlegte, wann ich in Ruhe eine Tasse Kaffee auf der Terrasse trinken könnte, machte ich stur weiter, bis ich ins Bett fiel.

Ich frage mich heute noch, warum ich mir das angetan hatte. Meiner Mutter und meiner Frau brachte es nichts, dass ich mich kaputt gearbeitet habe, ich hätte sie halt etwas später besucht oder der Besuch wäre ein paar Minuten kürzer ausgefallen, bei meiner Frau hätte ich zwar zwischendurch, von den Psychiatern eine Rüge bekommen, aber was hätten sie schon dagegen tun können. Vielleicht konnten sie es tun, weil sie wussten, ich will alles gewissenhaft erledigen.

Ich denke, ich war in dieser Angelegenheit so eingefahren, dass ich aus dieser Masche nicht mehr herauskam, egal, wie ich wollte, jeder Tag war schon so eingespielt, dass ich gar nicht merkte, dass ich nur noch funktionieren musste, ich konnte keinen Millimeter mehr abweichen, weder nach links noch rechts.

Auch die Alpträume von den Suizidversuchen ließen mich nicht mehr los, auch das viele Bier half mir nicht mehr darüber weg. Total gerädert wachte ich oft in der Früh auf, aber ich ließ keine Schwäche zu und stand einfach auf und machte mich fertig für die Arbeit. Was sollte ich sonst auch machen?

Es war auch schon so, dass ich mich in der Arbeit wohler fühlte, als wenn ich alleine zu Hause war, denn in meiner Arbeit war ich abgelenkt, ich konnte mich normal unterhalten und bekam keinen so großen Stress. Wenn es darauf ankam, bekam ich Hilfe, die ich außerhalb nie bekam! Einige Kollegen wussten auch von meinen Problemen und verurteilten mich nicht deswegen!

Kapitel 5

Der Familienurlaub!

Meine Mutter trauerte immer weiter, sie verkraftete den Tod von meinem Vater nicht, sie krallte sich bei mir fest, ich sollte nur noch meine Freizeit mit ihr verbringen, das bedeutete für mich Stress, denn meine Frau musste ich ebenso zu versorgen.

An einer größeren Familienfeier äußerte ein Familienmitglied eine Idee, wir könnten alle zusammen, auch meine Mutter nach Italien fahren. Meine Mutter wollte zuerst nicht, aber wahrscheinlich kam ihr der Gedanke, dann wäre sie alleine zu Hause, daraufhin gab sie doch nach und stimmte zu. Mein Gedanke war daraufhin, dann wäre ich nicht alleine mit meiner Frau und bekäme die nötige Hilfe!

Die Zeit war schnell da und wir fuhren mit drei Autos nach Italien, meine Mutter fuhr im Auto von Tante und Onkel mit, meine Schwiegereltern fuhren alleine und ich mit meiner Frau.

Auf dem Hinweg meldeten sich schon die ersten Probleme an! Meine Frau bekam mehrere Schübe und ich musste mich unter der langen Fahrt nebenbei um meine Frau kümmern, das war wirklich nicht einfach!

Dazu kam, an einem Parkplatz wollte sie einfach auf die stark befahrene Autobahn rennen, es war verdammt knapp, aber ich konnte sie doch noch einholen und zurück zum Auto bringen. Ich konnte ein schlimmeres Unglück verhindern, das Herz war mir damals in die Hose gerutscht. Meine Frau hätte einen schlimmen Unfall auslösen können und unschuldige Menschen mit in ihren Tod reißen können. Und was musste ich feststellen, mein Schwiegervater steckte ihr wieder seine Tabletten zu, der Urlaub fing für mich schon wieder gut an. Ich war noch nicht am Urlaubsort und war schon nervlich am Ende!

Die Ferientage in Italien verliefen dann so ähnlich wie die letzten Urlaube, meine Frau bekam immer öfter ihre Schübe, wir mussten den Strand oder den Speisesaal verlassen, meine Frau hatte immer eine weitere Überraschung parat. Ich wollte nicht meine Mutter hineinziehen, sie sollte sich in diesem Urlaub entspannen und auf andere Gedanken kommen, was ihr, so gut es ging, gelang.

Ich musste nebenbei auf meinem Schwiegervater aufpassen, dass er meiner Frau nicht weitere seiner Tabletten zusteckte und uns allen den Urlaub noch total versaute. Was ich gelernt hatte, ich warf immer einen Blick auf die Tabletten meiner Frau, damit sie ihr nicht ausgingen, die Tabletten waren schon vorbereitet und so mussten sie auch eingenommen werden.

Aber das unvernünftige Verhalten meines Schwiegervaters, möchte ich behaupten, brachte meine Frau nach dem Urlaub ins Bezirkskrankenhaus.

Trotzdem plante meine Familie noch einen weiteren gemeinsamen Urlaub mit uns und es wurde noch einmal in denselben Urlaubsort und Hotel gefahren.

Der Urlaub verlief so ähnlich wie der letzte Urlaub. Immer schaffte es meine Frau mit ihrer Krankheit, dass irgendetwas schieflief und nicht so war, wie es sein sollte. Sie konnte nichts dafür, denn sie war krank und dagegen konnte sie nichts machen. Denn mein Schwiegervater konnte es nicht lassen ihr seine Tabletten zuzustecken und ich war der Meinung, das verschlimmerte die Situation und es kam deswegen immer zu einem heftigen Streit.

Denn die Suppe nach seinen unvernünftigen Verhalten konnte meine Frau und ich alleine auslöffeln. Ich fragte mich damals, warum war meine Frau ihm so hörig und nahm die blöden Tabletten an sich, obwohl sie ihr nicht guttaten und sie heftig darunter leiden musste. Ich fand es sehr schlimm, dass er nicht einmal im Urlaub davon haltmachte, mich zu nerven, ich konnte mich nie wirklich entspannen.

Er war so dominant, dass er sich gegen alles widersetzte und nicht einmal vor seiner eigenen Tochter Halt machte, ich fragte mich immer wieder, was für einen Grund gab es für dieses blöde Verhalten?

Kapitel 6

Ein weiterer Versuch Urlaub zu machen!

Nach dem letzten Urlaub hatten meine Schwiegereltern die nächste Idee, sie wollten nach Südtirol fahren und dort mit uns gemeinsam einen Urlaub machen. Der Psychiater meiner Frau im Bezirkskrankenhaus war der Meinung: „Das wäre eine sehr gute Therapie, mit meiner Frau an der frischen Luft eine Wanderung zu unternehmen, sie würde spüren, dass sie mehr kann, als sie sich normal zutraute."

Mein Schwiegervater wusste von der Einstellung ihres Arztes, dass meiner Frau die Wanderungen sehr guttun würden. Ihre Eltern versprachen uns, dass wir auch alleine etwas unternehmen könnten.

Von Anfang an war ich schon etwas skeptisch, aber hoffte, dass der Vater meiner Frau einsichtig geworden war. Meine Frau wurde ein paar Wochen vorher sehr gut eingestellt entlassen. Ich hatte gute Hoffnung, dass alles etwas besser werden könnte.

Wir packten unsere Sachen, auch die Wanderutensilien wurden mitgenommen und fuhren, jeder mit seinem eigenen Auto nach Südtirol. Aber wie bei jeder Urlaubsfahrt, bekam meine Frau einen Schub. Ich musste unbedingt anhalten, aber meine Frau riss vorher die Autotür auf, ich konnte sie gerade noch abhalten sich hinauszuwerfen und ich musste alles geben einen größeren Unfall zu verhindern.

Auf dem nächsten Parkplatz lief sie wieder davon, aber dieses Mal holte ich sie schnell ein. Ich konnte mir nie sicher sein, dass alles in bester Ordnung wäre. Nur dieses Mal passte mein Schwiegervater nicht auf, er hätte auf meine Frau besser aufpassen müssen, damit ich in Ruhe einen Becher Kaffee trinken konnte, aber selbst das war mir nicht vergönnt. Aber trotzdem kamen wir gut an unseren Urlaubsort an.

Aber schnell bemerkte ich, dass sich mein Schwiegervater an unsere Abmachungen nicht halten würde, der nervigste Urlaub nahm seinen Lauf.

Zum Beispiel, meine Frau und ich planten eine kleinere Wanderung, meine Schwiegereltern wollten natürlich mitlaufen und was kam dabei heraus. Wir schauten nur Schaufenster an. Wenn ich darauf hinwies, meinte er, das Wandern tut meiner Tochter nicht gut, es strengt zu sehr an.

Trotz allem schaffte ich es, dass ich mit meiner Frau ein paar kleinere Wanderungen unternahm und wie gut ihr das tat, es ging ein bisschen mit ihr bergauf, ihr Zustand verbesserte sich! Sie wirkte viel frischer und ich spürte, dass sie wandern wollte und zügig voran lief, das war ich gar nicht von ihr gewöhnt.

Meine Schwiegereltern planten mit dem Bus einen Ausflug nach Bozen, natürlich wollten wir mit, wir kannten diese Stadt nicht, aber was machte mein Schwiegervater, er gab seiner Tochter heimlich auf einer Toilette die Tabletten und was passierte.

Es dauerte keine zehn Minuten und meiner Frau ging es schlecht. Wir mussten schnell ein Kaufhaus verlassen, meine Schwiegermutter konnte ihren Einkaufsbummel nicht mehr fortsetzen. Meine Schwiegermutter war stinksauer auf ihren Mann, als sie erfuhr, dass er meiner Frau heimlich die Tabletten zugesteckt hatte. Aber was noch schlimmer war, ihr ging es so schlecht, dass wir mit ihr nicht mehr in den Bus steigen konnten und zurückfahren konnten.

Es entstand daraufhin ein heftiger Streit und ich war wie immer der alleinige Schuldige. Ich gab meiner Frau eine Notfalltablette und langsam besserte sich ihr Zustand und wir konnten zusammen mit dem letzten Bus zurückfahren.

Wieder einmal war ich mit meinen Nerven am Ende und ich schwor mir, dass ich nie wieder mit meinen Schwiegereltern in den Urlaub fahren würde.

Aber eine Busfahrt wollte ich mit ihnen noch machen, nach Meran, diese Stadt kannten wir auch noch nicht. Ich flehte ihn an, er solle die Finger von diesen Tabletten lassen, sonst versaut er uns, noch den Rest vom Urlaub.

Aber es dauerte nicht lange und er tat es doch, wie immer hatte er einen Moment erwischt, da ich abgelenkt war. Zu spät bemerkte ich es und konnte abwarten, bis es meiner Frau schlecht ging. Stinksauer war ich und sofort entfernte ich mich von ihnen und setzte mich in ein Café und trank eine Tasse Kaffee und schaute ihnen dabei zu, wie sie es hinbringen wollten, dass es meiner Frau besser gehen würde.

Sie schafften es nicht mehr, dass es ihr besser ging, sie schauten dabei immer zu mir herüber und beschimpften mich, ich hatte auch nichts anderes erwartet. Aber letztendlich musste ich doch ihr eine Notfalltablette geben und wir konnten zusammen wieder mit dem letzten Bus zurückfahren, der Ausflug war wirklich kein schöner und meine Laune war am Tiefpunkt, meine Nerven waren kurz vorm Zerreißen.

Als wir Zuhause waren, ging es weiter, ich konnte nicht mit meiner Frau zum Abendessen gehen, wir mussten auf dem Zimmer bleiben, auch in der Nacht ging es weiter, ich konnte kaum ein Auge zu machen. In der Früh war ich total gerädert. Daraufhin beschloss ich, dass ich ganz alleine eine Bergwanderung unternehme, ich musste mir einiges überlegen, ich musste alleine sein und alles richtig durch den Kopf gehen lassen.

So stieg ich nach dem Frühstück in mein Auto und fuhr zu einem Berg, den hatte ich mir schon lange vorgenommen und lief bis zum Gipfelkreuz hinauf, dort war eine kleine Hütte mit Bewirtung. Ich setzte mich auf einen Felsen und schaute mir das herrliche Panorama an und glaubte, dass mich Gott da oben erhören würde, denn ich spielte mit dem Gedanken mich scheiden zu lassen. Ich spürte, dass meine Nerven das nicht mehr lange durchhalten und fühlte mich mit meinen Problemen alleingelassen.

Denn ich bekam von niemanden eine Hilfe, im Gegenteil, mein Schwiegervater machte mir das Leben immer noch schwerer, weil er immer wieder, wenn es meiner Frau etwas besser ging, die scheiß Tabletten gab. Ich fragte mich, warum?

Hatte er etwas zu verbergen, hatte er Angst, dass etwas herauskam? Ich wäre überzeugt gewesen, wenn wir richtig zusammen gearbeitet hätten, dann wäre alles ganz anders verlaufen. So blieb mir nichts anderes übrig, als mich selbst zu schützen, denn ich sah in der Zukunft keine Chance mehr.

Ich war überzeugt, dass ich in ein paar Jahren, die Last ganz alleine zu tragen hätte und ich konnte nicht aufhören zu arbeiten und wenn, dann müsste ich meine Frau rund um die Uhr betreuen, das konnte ich nicht, ich wäre dann sehr bald selbst im Bezirkskrankenhaus gelandet. Nur was ich damals nicht wusste, dass der Punkt sehr bald da sein würde!

Ich war verzweifelt, dass ich meiner Frau nicht so helfen konnte, wie ich es mir gewünscht hätte, ich war mit den Nerven am Ende, ich fragte mich, warum zerstört mein Schwiegervater immer wieder das, was die Ärzte aufgebaut hatten. Meiner Frau ging es verhältnismäßig gut und sie machte inzwischen auch eine Psychotherapie, mit dieser ist sie auch sehr gut vorangekommen, aber ich fragte mich, warum wollte er von Anfang an diese Therapie nicht. Fragen über Fragen quälten mich, aber ich spürte, dass ich nichts falsch machen konnte und früher oder später mich scheiden lassen musste.

Ich kam auf diesem Berggipfel in mir ins Reine und habe eine Antwort gefunden, die Aussprache mit dem Allmächtigen hatte mir sehr geholfen.

Jetzt musste ich mit meiner Frau reden, ihr reinen Wein einschenken und ihr noch eine Chance geben, diese muss sie nutzen, ansonsten blieb mir nur noch eine Wahl, eine Trennung. Obwohl ich es selbst nicht wollte, aber ich konnte nicht mehr.

Ich wollte nicht nur noch ein Einzelkämpfer sein, der nur gebraucht wird und wie eine Maschine seine Arbeit durchzieht. Dafür wurde in regelmäßigen Abständen von anderen Leuten alles wieder eingerissen, ich hatte die Schnauze voll und fühlte mich total am Ende, total ausgepresst wie eine Zitrone. Elf Jahre hatte ich ohne Pause durchgehalten und nie an mich gedacht.

Der Urlaub war nicht so gelaufen, als wir uns das vorgestellt hatten, wir unternahmen nicht so viele

Wanderungen, wie wir uns das vorgenommen hatten. Ihre Krankheit war nach sehr kurzer Zeit wieder zurückgekehrt und nur wegen einer Person, die sich nie daran halten wollte, was ein Arzt aus dem Bezirkskrankenhaus vorgeschlagen hatte und haben wollte. Obwohl, er doch merken müsste, dass es seiner Tochter nicht guttat, warum?

Was war wieder die Folge, meine Frau kam kurz nach dem Urlaub wieder in ihre geschlossene Abteilung, wer waren wieder die Leittragenden, in erster Linie, meine Frau, mein Hund und ich. Wieder musste ich jeden Tag nach der Arbeit, nach dem ich meinen kleinen Liebling versorgt hatte, schnell in das Bezirkskrankenhaus fahren. Natürlich musste ich mich vor dem behandelten Arzt rechtfertigen, warum das passieren konnte, dass sie wieder so schnell eingeliefert wurde.

Ich erzählte brühwarm alles, wie es dazu kam und warum! Siehe da, meine Schwiegereltern mussten auch mal wieder ein Arztgespräch führen, das kam nicht oft vor, aber letztendlich half das auch nicht.

Der Arzt erzählte, dass sie uneinsichtig waren, ihre Tabletten seien nicht schuld daran, die langen Wanderungen musste meine Frau meinetwegen machen, sie hatten sehr belastet, das war zu viel für sie, deswegen wurde sie krank. So gute Tabletten bekommt sie auch hier nicht, diese sollte er ihr verschreiben, dann wäre sie bald gesund!

Als ich das vom Arzt zu hören bekam, hatte ich die Bestätigung, dass nie etwas besser werden würde, dass ich immer so weiter leben müsste, wie eine Maschine, meine Frau nie gesund werden könnte. In mir kochte es! Trotzdem nahm ich mir vor, dass ich meiner Frau noch eine Chance geben würde!

Ich stellte mir das etwas einfacher vor, ich konnte es nicht, ich musste ein paar Mal Anlauf nehmen. Später als meine Frau Ausgang bekam und mit nach Hause durfte, nahm ich meinen ganzen Mut zusammen und erklärte ihr, was ich vorhatte, dass ich nicht mehr so weiter machen könnte und ich fix und fertig wäre.

Was mich etwas schockte, meine Frau hatte mit so etwas schon lange gerechnet, sie war gefasst und erklärte, dass sie noch einmal alles geben und alles versuchen würde.

Die Psychiater machten mit ihr noch einmal eine Tabletten-Umstellung und es schien, dass alles wirklich besser werden sollte. Er war auch von meinem Vorhaben eingeweiht, meine Frau erzählte es ihm bei einem Ärztegespräch.

Sie versprach auch, dass sie dieses Mal die Psychotherapie komplett durchziehen wolle, ich war damals sehr gespannt, ob sie das wirklich schafft. Das wäre zu schön gewesen!

Kapitel 7

Die Psychotherapie!

Meine Frau musste eine Psychotherapie durchziehen und sie spürte, dass sie mit ihrer Krankheit besser zurechtkam. Trotzdem war dieses Kapitel für mich eine Angelegenheit, die mich sehr aufregte, ihr Vater war von Anfang an gegen diese Therapie, er meinte natürlich, dieses blöde Geschwätz kann doch meiner Tochter nicht helfen.

Ich war oft bei diesen Sitzungen dabei und meiner Frau ging es nach ein paar Sitzungen besser. Aber meine Frau konnte es nicht lassen, alles was besprochen und gemacht und in den nächsten Sitzungen geplant wurde, erzählte sie ihrem Vater. Die Therapeutin plante sehr viel mit ihr, wenn meine Frau stabil genug wäre, dann würde sie meine Frau in Hypnose versetzen und mit ihr in die Vergangenheit zurückkehren. Sie wollte den Ursprung ihrer Krankheit auf den Grund gehen. Ich glaubte damals, sie hatte den gleichen Verdacht wie ich?

Was machte ihr Vater daraufhin, er gab seiner Tochter die blöden Tabletten, meine Frau machte danach einen Suizidversuch und sie landete wie jedes Mal in der geschlossenen Abteilung im Bezirkskrankenhaus, ich ärgerte mich sehr, denn durch die Therapie bekam ich endlich das Gefühl, sie könnte es hinbringen, normal mit ihrer Krankheit zu leben. Ihre Zeit alleine ohne Probleme zu Hause verbringen, das wäre auch für mich eine große Hilfe gewesen, mit der hätte ich leichter leben können und ich bekäme keinen täglichen Stress mehr.

In mir schwelte schon lange einen Verdacht, dass ihr Vater aus seiner dunklen Vergangenheit etwas vertuschen wollte, was hatte er damals getan, bestimmt nichts Gutes? Warum gab er, wenn meine Frau mit ihrer Therapie so weit war, in die nächste Stufe einzugehen und ihrem Ziel näherkam, diese verdammten Tabletten, die einen Suizidversuch auslösten und sie wieder von vorne anfangen musste? Das war für meine Frau, wie ein Terroranschlag, es wurde alles in ihr zerstört und für mich war es genauso!

Ich wollte eigentlich, dass meine Frau mit ihren Eltern, wenn sie alleine war, den Kontakt abbricht, aber leider konnte ich es nicht ganz verhindern und ich konnte es nicht ganz verbieten. Aber meine Frau war ihrem Vater total hörig. Sie traute sich nie nein zu sagen und das sollte sie auch in der Therapie erlernen, aber bedauerlicherweise kam sie nie an diesem Punkt an, es wurde immer irgendwie verhindert!

Er wusste genau, wie er es anstellen musste, dass ich es erst bemerke, wenn sie schon die Tablette geschluckt hatte und ihre Wirkung einsetzte. Es gingen viele schlimme Gerüchte über meinem Schwiegervater herum. Die Personen, die diese Geschichten erzählten, trauten sich nie genauere Details zu erzählen, ich fragte mich immer wieder, warum? Ich wollte auch erfahren, warum meine Frau Narben am Rücken besaß, selbst sie erzählte mir, keine genauen Details. Ich konnte nur meine eigene Fantasy spielen lassen und die erzählte mir nichts Gutes? Etwas fand ich mit absoluter Sicherheit heraus. Er war früher ein Vollalkoholiker, hatte es aber geschafft, trocken zu sein! Alles was meine Frau und ich aufbauten und versuchten, alles wurde abgeblockt, nichts konnte ich dagegen tun.

Wenn mein Schwiegervater, die Therapie unterstützt und damit seiner Tochter dabei geholfen hätte, dann wäre alles ganz anders verlaufen. So konnte ich mich nur ärgern, wenn meine Frau wieder ins BKH kam und ich sie in der geschlossenen Abteilung besuchen konnte.

Jedes Mal, wenn ich von neuem durch die Schleuse in die Geschlossene durch musste, gab es meiner Seele einen Stich und ich sie mit Tabletten vollgedröhnt im Raucherraum sah. Wie ein Häuflein Elend saß sie da, war ich selbst fix und fertig, ich war mit den Nerven am Ende und ich sagte mir, muss das wirklich sein?

Ich war mir sicher, dass viele Leute, die diese Tabletten, die mein Schwiegervater ihr gab, einnehmen, sogar ihnen gegen irgendwelche Schmerzen halfen. Aber in den Nebenwirkungen stand eindeutig und so sah es auch der Psychiater im BKH, sie können einen Suizid auslösen und das lösten sie ausgerechnet jedes Mal bei meiner Frau aus.

Es war wie verhext und es kam noch schlimmer, die letzten Jahre, die ich mit meiner Frau zusammen lebte, schaffte sie es nicht einmal, eine solche Therapie neu zu beginnen. Ihr Vater brauchte keine Angst mehr zu haben, dass etwas herauskam, man sah ihm auch an, dass er irgendwie erleichtert war, er fühlte sich, als wäre er der Sieger, aber war er das wirklich?

Ich bekam von den Schwiegereltern nur zu hören, schau deine Schulmedizin hilft überhaupt nichts, die Therapien kannst du die Hasen geben, hättest du deine Frau aus dem Bezirkskrankenhaus herausgeholt und zu einem Heilpraktiker oder woanders behandeln lassen, dann wäre sie schon lange wieder gesund.

Natürlich gab es wieder einen massiven Streit, als wenn ich meine Frau so einfach herausholen hätte können, wenn sie meistens mit der Polizei eingeliefert wurde, das haben selbst sie nicht geschafft. Was sie nicht schafften, hätte ich tun sollen. Sie machten es sich ganz einfach, sie versuchten zu befehlen und ich sollte, so handeln wie sie es wollten.

Sie machten die Fehler und ich sollte sie schnell ausbügeln, so sollte die Zusammenarbeit aussehen, aber so funktionierte es nicht. Ich stritt mit den Schwiegereltern öfter und sie wussten inzwischen, dass ich über eine Scheidung nach dachte, ich glaube heute noch, dass sie nie glaubten, dass ich es durchziehen werde. Sie glaubten, dass ich dazu zu feige wäre, dass ich zu viel Geld verlieren werde und dazu waren sie der Meinung: „Den Deppen haben wir in der Hand, der macht nur, was wir wollen, der kann nicht anders, der redet nur davon, er will uns nur drohen!" Aber kapierten sie es wirklich nicht, dass ich mit den Nerven am Ende war?

Ich schaffte es nicht mehr, ich war ausgelaugt, ich war inzwischen in der Arbeit unkonzentriert, müde, ich konnte nicht mehr richtig schlafen. Inzwischen arbeitete ich fast nur noch in der Nacht, mein Körper wusste oft nicht mehr, haben wir Tag oder Nacht. Ich war körperlich, seelisch und geistig am Ende und ich hatte sehr große Rückenschmerzen!

Ich wusste, wenn ich noch älter werde und meine Frau schafft es nicht, wenigstens ihre Krankheit so unter Kontrolle zu halten, dass sie zu Hause wenigstens ein paar Stunden alleine zu Recht kommt. Dann geht es nicht weiter, mir bleibt nichts anderes übrig, als die Scheidung einzureichen! Ich hatte keine andere Wahl mehr, ich konnte von niemanden eine Hilfe erwarten und ich spürte, wenn ich es nicht tue, dann werde ich irgendwann selbst im Krankenhaus landen. Vielleicht selbst im Bezirkskrankenhaus und das wollte ich mit aller Macht verhindern. Ich brauchte nicht mehr zu überlegen, ich musste es mit aller Macht durchziehen!

Kapitel 8

Die Scheidung und Mutters Freund!

Aber meine Schwiegereltern hatten sich verrechnet, sie hatten mich nie in der Hand, ich tanzte nie nach ihrer Pfeife. Meine Frau wollte einen Campingurlaub versuchen, sie wollte, dass wir uns in diesem Urlaub wieder versöhnten, denn meine Frau ging nach einem Suizid fremd, das traf mich sehr hart, als ich es erfuhr.

In mir ging eine Welt zugrunde, was musste ich alles noch durchmachen? Der Psychiater meiner Frau, versuchte es zwar schönzureden, vor einem Suizidversuch kann so etwas schon vorkommen. Aber trotzdem wollte ich es nicht akzeptieren und noch einmal erleben.

Ich hatte damals ein Wohnmobil gebucht, aber auch der Urlaub fiel ins Wasser. Natürlich hatte sie kurz vorher wieder eine Tablette geschluckt, denn mein überaus heißgeliebter Schwiegervater hatte anscheinend etwas gegen den Urlaub, obwohl er der Meinung war, er würde am liebsten mitfahren.

Meine Frau kam wieder ins Bezirkskrankenhaus und ich konnte das Wohnmobil absagen und alles regeln. Ich war stinksauer, dass es wieder einmal nicht klappte, immer wieder musste er mir ins Handwerk pfuschen, gerade wenn es meiner Frau etwas besser ging und ich wusste jetzt, was ich zu tun hatte!

Weil sie fremd gegangen war, machte es meine Entscheidung etwas leichter, denn so etwas wollte ich nicht noch einmal erleben.

Ich suchte nach einem Scheidungsanwalt und wurde fündig, es war eine nette Frau. Diese Anwältin meinte, dass es für mich keine einfache Angelegenheit werden würde und jetzt beginnt erst mal das Trennungsjahr! Meine Frau bekam die Scheidungspapiere ins Bezirkskrankenhaus geschickt und ihre Eltern suchten für sie auch eine Anwältin. Ich hatte trotzdem, obwohl ich wusste, dass es keine andere Lösung gab, ein sehr schlechtes Gewissen.

Mein Schwiegervater war stinksauer auf mich, obwohl er selbst oft zu mir sagte: „Lasse dich doch scheiden, ich kann dich verstehen!"

Aber es war nicht so, als meine Frau die Scheidungspapiere bekam, stand danach, bei mir das Telefon nicht mehr still, er beschimpfte mich und bedrohte mich, er würde mich arm machen, er würde mir alles wegnehmen. Jeden Tag nach der Arbeit bekam ich von ihm meine Ration Beschimpfungen ab. Er wollte mir noch den Rest geben, meine Nerven noch weiter strapazieren, bis ich am Ende war.

Mir war klar, warum? Jetzt musste er sich um alles kümmern und konnte nicht mehr alles mir zuschieben, jetzt war er gefragt und er hatte Angst, dass seine dunkle Vergangenheit vielleicht ans Tageslicht kam?

Als meine Frau aus dem Bezirkskrankenhaus kam, wurde sie in ein Heim in eine andere Stadt verlegt, es waren ca. achtzig Kilometer zu fahren. Das regte meinem Schwiegervater noch mehr auf, denn das wollte er nicht. Das entschieden aber andere Leute und meine Frau bekam einen eigenen gesetzlichen Betreuer, das wollte er eigentlich auch nicht!

Aber mein Kampf ging weiter, fast jede Woche war ich beim Anwalt, fast jeden Tag musste ich meine Anwältin anrufen, schon der Versorgungsausgleich war ein Kampf, das Heim musste ich ein Jahr lang voll bezahlen und das war nicht wenig Geld, das Sozialamt mischte mit, das alles nervte, es war ein Berg Papierkrieg, jede Woche wuchs der Scheidungsordner immer mehr an!

Ich musste meine ganzen Finanzen offen legen und verlor dabei auch einige Rentenpunkte, ich musste die Hälfte der Eigentumswohnung ausbezahlen. Fast jeden Tag musste ich einige Briefe, die von verschiedenen Ämtern, Heim, ihre Betreuerin und Anwälte lesen und beantworten. Ich sehnte den Tag herbei, an dem alles geregelt und abgeschlossen war!

Die Angelegenheit machte die Sache nur umso schlimmer, denn meine Mutter lernte in der Zeit einen netten Mann kennen, den ihre Schwester aber nicht akzeptierte, ich verstand zwar nicht warum, denn er war mir sehr sympathisch und ich verstand mich mit ihm sehr gut.

Das war der genau der Punkt, der für mich weitere Aufregungen brachte. Der Freund meiner Mutter und ihre Schwester fingen an zu streiten! Warum auch immer, mir war das total egal, denn ich hatte meine eigenen Probleme, dachte ich, aber es war nicht so! Meine Tante war anderer Meinung und rief mich an und befahl, das sei nur mein Problem und ich soll diesen Mann zum Teufel schicken, er wolle nur an das Geld meiner Mutter.

Ich war aber damals der Meinung, das kann ich nicht tun, meine Mutter kann selbst entscheiden, wen sie als Freund haben will und der Mann braucht das Geld meiner Mutter nicht, denn er besaß viel mehr als sie.

Daraufhin geschah das, was ich nicht wollte, jetzt begann ein Streit mit meiner Tante, nur weil ich mich auf die Seite meiner Mutter und ihren Freund stellte. Jeden Abend bekam ich einen Anruf von ihr und sie fragte nach, ob ich den Freund meiner Mutter weggeschickt hätte. Daraufhin bekam ich massive Drohungen, sie werden mich enterben, das werde ich bitter bereuen, wenn ich nicht das mache, was sie von mir wollen!

Das machte mich fix und fertig, ich kämpfte an verschiedenen Fronten, meine Scheidung, Tante und Onkel, und meine Schwiegereltern, die mich nach wie vor anriefen und auch bedrohten. Ich war fix und fertig, ich konnte mich oft nicht mehr auf meine Scheidung konzentrieren.

Fast jeden Tag bombardierten sie mich mit ihren Drohungen, ich konnte mich nicht wehren, sie waren so erbost, weil ich es nicht schaffte und nicht wollte, dass sich meine Mutter von dem Mann trennte. Ich wäre froh gewesen, wenn ich nicht ans Telefon gehen müsste, aber ich musste abheben, denn es könnte auch meine Anwältin sein, um mit mir etwas zu besprechen oder etwas Wichtiges mitzuteilen, ich besaß noch kein Telefon, an dem man ablesen konnte, wer mich anrief.

Jedes Mal, wenn das Telefon klingelte, erschrak ich! Ich wusste nicht, was mich wieder erwartete, welche Bosheiten mir an Kopf geworfen wurden oder gab es wieder eine Hiobsbotschaft von meiner Anwältin? Mir wurde es schon schlecht, wenn das Telefon klingelte. Manchmal rief meine Tante auch in der Arbeit, mitten in der Nacht an und beschimpfte mich.

Ich wehrte mich natürlich und so wurden die blöden Streitereien nur umso länger, stundenlang musste ich ihre blöden Bemerkungen anhören, wenn Tante und Onkel es nicht waren, dann wurde ich von den Schwiegereltern mit Beschimpfungen überschüttet.

Natürlich erzählte ich es auch meiner Mutter und ihren Freund und wollte, dass sie es mit ihnen klärten, aber in diesem Sinne passierte nichts, nur dass sich die Fronten noch verhärteten. Nur ich bekam alles ab, niemand half mir, ich saß mit meinen Problemen wieder alleine da, mir war es oft zum Heulen.

Mir wurde alles zu viel, ich wusste nicht mehr, was ich zuerst tun sollte. Es war eine furchtbare Zeit, ich fühlte mich von Gott verlassen, aber was ich nicht zu dieser Zeit wusste, es kam noch schlimmer.

Meine Mutter und Tante kümmerten sich überhaupt nicht, was ich für Probleme hatte, nur ihre Angelegenheiten mussten von mir schnellstens erledigt werden. Ich hatte Existenzängste wegen meiner Scheidung, ich musste Unsummen, an das Heim und Anwältin zahlen. Der Versorgungsausgleich machte mir Angst, einmal hatte ich sogar einen Gerichtsvollzieher vor meiner Tür, nur weil meine Bank nicht rechtzeitig das Geld ausgezahlt hatte.

Niemand fragte nach, wie es mir mit meiner Scheidung geht, wie es läuft, was ich zahlen müsste, was ich erledigen musste oder ob ich bestimmte Unterlagen brauchte, was ich besser machen könnte oder wie es mir damit geht!

Niemand kam auf die Idee, dass wir uns zusammensetzen und alles gemeinsam durchsprechen könnten. Nur, mein bester Freund, der stand mir zwischendurch mit Rat und Tat zur Seite. Es war zum Verzweifeln! Ich war mit meinen Nerven am Ende, ich fühlte mich total ausgelaugt!

Kapitel 9

Die Freundin!

Nachdem die Scheidung eingereicht wurde, verging die Zeit wie im Flug, ich hatte ja kaum Zeit einmal zu durchschnaufen. So dachte ich mir nach einer Zeit, ich könnte mir zur Feier des Tages einen Sixpack gönnen und für mich alleine feiern, weil ich den Mut hatte, die Scheidung einzureichen.

Ich machte mich zu Fuß auf den Weg zu einem Supermarkt. Als ich herauskam, wurde ich von der Seite angesprochen, von einer Frauenstimme, die mir bekannt vorkam.

Ich drehte mich zu ihr um und erkannte sie sofort, es war eine Frau, die ich im Bezirkskrankenhaus in einem Kaffee im Raucherraum kennengelernt hatte und natürlich bin ich mit ihr ins Gespräch gekommen, sie erzählte mir damals, dass sie öfters eine Freundin besuche. Wir trafen uns öfters zufällig darin, tranken Kaffee und unterhielten uns belanglos. Ich dachte mir damals nichts dabei, es wäre besser gewesen, ich hätte es getan!

Auf jeden Fall, sie saß auch wieder in einem Kaffee, der an diesem Supermarkt angrenzte, ich musste direkt an ihr vorbeilaufen.

Ich setzte mich sofort zu dieser schönen Erscheinung, sie sah sehr gut aus und bestellte mir sofort einen Kaffee und zündete mir eine Zigarette an. Wir fingen sofort an, uns zu unterhalten. Ich dachte, sie sei ganz normal und eine sympathische Erscheinung, wir verstanden uns von Anfang an sehr gut. Sie wollte danach mit mir auf meine Scheidung anstoßen und ging mit mir in meine Wohnung.

Endlich konnte ich wieder ganz entspannt und fröhlich sein. Sie hatte mich total um den Finger gewickelt, es war ein Traum, den ich erleben durfte. Meine kleine Hundedame kam daraufhin auch zu ihren großen Gassi Runden.

Sie hatte ihre eigene Wohnung, in der sie sich unter der Woche, wenn ich arbeitete, zurückzog, ich bemerkte überhaupt nicht, dass mit ihr etwas nicht stimmte. Für mich war es ein ganz normaler Mensch, wir konnten sogar, was mir in den letzten Jahren nicht gelang, ganz unbeschwert Urlaub machen, wir konnten Ausflüge machen und Bergwandern, was bei meiner Frau kaum möglich war.

Nur, was sie sofort bemerkte, dass ich einige Probleme hatte, die fast täglichen Anrufe von meinem Schwiegervater, Tante und Onkel und Anwältin. Mit meiner Scheidung war mir meine neue Freundin sehr behilflich, was mir die Sache momentan doch ziemlich erleichterte, aber mit meinen Streitigkeiten konnte sie nichts bewegen.

Nur, dass sie berentet war, hätte mich von Anfang an stutzig machen sollen, aber ich kümmerte mich nicht darum. Denn für mich war sie ganz normal und so schob ich das Problem auf die Seite und lief total in mein Unglück. Ihr eigenes Geld besaß sie, warum sollte ich dann nachhaken?

Nach circa einem Jahr zog sie sogar bei mir ein, ich hatte nicht die geringste Ahnung, was mit ihr auf mich zukam. Ich war so blind, dass ich nicht bemerkte, auf was ich mich einließ!

Bald konnte ich meine Scheidung zu Ende bringen, ich war erleichtert und ich dachte, ein Problem hab ich gelöst, aber was ich zu diesem Zeitpunkt nicht ahnte, das nächste noch größere Problem kam auf mich zu.

Ein paar Wochen später machte sich das Problem bemerkbar, meine Freundin wurde immer aggressiver, ihr passte nichts mehr. Sie trank immer mehr Wein, sie spielte die ganze Nacht am Computer verschiedene Spiele.

Wenn ich Tagschicht arbeitete, konnte ich die ganze Nacht kaum mehr schlafen, ich bemerkte sofort, dass meine Freundin noch schlimmer war, als meine Frau, was hab ich mir da ins Haus geholt? Ich kam vom Regen in die Traufe! Mein Alkoholkonsum wuchs daraufhin sehr an, ich wusste nicht mehr, was ich tun sollte? Die schöne Zeit war somit schnell wieder vorbei!

Ich telefonierte immer noch zwischendurch mit meiner Frau, obwohl ich von ihr geschieden war, sie fragte mich, ob ich mit einer Sabine zusammen bin? Ich erschrak und musste zugeben, dass ich mit ihr zusammen wohnte. Daraufhin erschrak sie und erklärte, dass sie daran schuld sei, dass ich sie kennengelernt habe.

Sie fing an zu erzählen, dass meine Freundin mit ihr zusammen im Bezirkskrankenhaus war und so fragte sie, meine Frau komplett über mich aus, sie wusste mehr über mich, als ich sozusagen von mir wusste.

Sie wusste genau, wo ich einkaufen ging und wo ich mit meinem Hund Gassi lief. Meine Freundin hatte ein leichtes Spiel, mich zu treffen. Sie wusste sogar, wann ich das Bezirkskrankenhaus verlasse, dass ich noch einen Kaffee trinke und dazu eine rauche und vor allem wo.

Alles war von ihr genau eingefädelt und so wusste sie genau, wie sie mich um den Finger wickeln konnte, sie wusste ganz genau, was ich für Vorlieben besaß. Alles hatte meine Frau ihr genauestens erzählt. Meine Frau verkuppelte mich indirekt mit Sabine.

Sie entschuldigte sich, aber erzählte mir noch brühwarm, dass sie wegen manischen Depressionen in der Klinik war und dass ich ihr leidtue, dass ich mit so einer Frau zusammen leben muss.

Ich hingegen versprach ihr, dass ich sie möglichst bald wieder aus meiner Wohnung hinauswerfen werde. Jetzt wusste ich, warum die Frau so aufgedreht war und die ganze Nacht vor ihrem Computer hockte und mich ununterbrochen nervte. Ich dachte mir nur, warum hatte meine Frau so lange gewartet mir das zu erzählen?

Wir hatten uns noch vor ein paar Wochen einen gebrauchten Wohnwagen gekauft und auf einen Campingplatz abgestellt, dort verbrachten wir öfters unsere Zeit. Dort war sie wie ausgewechselt, ich merkte an diesem Ort nichts von ihren manischen Depressionen. Nur was ich mir oft dachte, ich sah nie etwas von Psycho-Pharmaka, wann nahm sie diese Tabletten ein oder nahm sie überhaupt noch welche ein.

Sie meinte, dass wir einen Campingurlaub machen und uns wieder versöhnen könnten. Ich war so blöd und wollte ihr eine Chance geben, so beschlossen wir damals, dass wir nach Hamburg fahren und uns die Stadt anschauen könnten.

Wir machten noch unterwegs einen kurzen Stopp in Hannover, bei einem Verwandten von ihr, bei dieser Familie war ich sehr willkommen und konnte mich mit ihnen öfters alleine unterhalten, dort erfuhr ich sehr viel über meine Freundin. So erfuhr ich auch, dass sie mit ihren Kindern nicht besonders gut umging, sie hatte sie total im Stich gelassen. Darum war sie nicht so willkommen bei ihnen, als meine Freundin vorgab.

Ihr Cousin meinte im Vertrauen, es wäre besser, wenn ich mich bald von ihr trennen würde, keine Freundschaft hatte bei ihr lange gehalten. Ich stritt mich, mit Sabine an diesem Ort wieder sehr oft, sie wollte nicht, dass ich mich mit dieser Familie öfters alleine unterhalte, jetzt wusste ich, warum? Sie hatte auch öfters Streitgespräche mit der Frau des Hauses, jetzt konnte ich mir denken, warum?

Der Urlaub verlief sehr gut und wir versöhnten uns wieder richtig, aber ich selbst glaubte trotzdem nicht, dass es noch lange sehr gut gehen würde, es war zwar eine sehr kurze schöne Zeit, aber trotzdem war sie nicht mehr die Frau, die ich kennengelernt hatte.

Aber kaum waren wir zu Hause, begann der Alptraum von Neuem, sie veränderte sich total, sie war nicht mehr wiederzuerkennen, eine Furie war auferstanden. Sie spielte nur noch, sie machte den Tag zur Nacht. Sie machte, wenn ich schlafen wollte, erst recht Lärm, sie stellte die Lautstärke vom Laptop extra auf volle Lautstärke, sie trank noch mehr Rotwein. Mein Alkoholkonsum wuchs vor lauter Frust enorm an. Ich bekam Probleme in der Arbeit, weil ich nicht ausgeschlafen in die Arbeit kam.

Diese Zeit war die totale Hölle, denn Tante und Onkel meldeten sich nach wie vor jeden Tag und beschimpften mich wegen Mutters Freund, meine Nerven waren am Ende und dann bekam ich in der Arbeit einen Anruf von meiner Frau und dieser war ein totaler Schock, mein Schwiegervater hatte sich umgebracht, er hatte sich auf einem Supermarkt-Parkplatz in der Nacht erschossen.

Er besaß Waffen, er war Mitglied in einem Schützenverein. Jetzt war mir klar, woher meine Frau die Krankheit hatte! Bekam er Angst, dass in der neuen Klinik, in der meine Frau ungehindert behandelt werden konnte, etwas ans Tageslicht kam, hatte er ein schlimmes Geheimnis mit ins Grab genommen? Ich werde es nie mehr erfahren?

Ein paar Nachbarn hatten uns berichtet, dass an diesem Abend ein Mann mit einer Waffe um unsere Wohnung geschlichen war. Wollte er uns töten, wollte er uns einfach mitnehmen? Mir lief es eiskalt über meinen Rücken!

Meine Frau hatte bei späteren Telefonaten mehrere gewisse Andeutungen gemacht, dass die Klinik etwas herausfand. Ich konnte mir dann zwar ein gewisses Bild davon machen, aber genaues hatte sie mir nie berichtet. Damit konnte ich nichts beweisen, es würde mir auch jetzt nichts mehr helfen, ich hätte es früher wissen müssen! Was für einen Raben-Vater besaß meine Frau und ihre Mutter duldete das alles, warum half sie ihrer Tochter nicht? So kann man eine ganze Familie und ein Leben zerstören. Warum hatte meine Frau nie darüber eine Andeutung gemacht? Ich hätte ihr doch geholfen!

Das größere Problem hatte ich noch zu Hause und das musste ich noch lösen. Ich hatte schon Angst nach Hause zu kommen, ich fragte mich, was erwartet mich heute wieder, was wird das wieder für eine Nacht? Ob Tag oder Nachtschicht, ich konnte nicht mehr schlafen, mein Körper wusste nicht mehr, welche Tageszeit war.

Wie das Leben so ist, es kam ein neuer Schicksalsschlag dazu, mein Onkel erkrankte an Lungenkrebs, es war ein sehr aggressiver Krebs, Asbest-Krebs! Er war ein Mensch, der eigentlich immer für mich da war. Ich verstand ihn aber nicht mehr, seit der Freund von meiner Mutter in unser Leben getreten war, hatte sich sein Wesen total verändert und er beschimpfte mich nur noch, erst viel später verstand ich, warum das so sein musste?

Dazu kam noch, meine kleine Hundedame musste ich einschläfern lassen, das traf mich auch sehr hart, sie war 17 Jahre alt, sie sah nichts mehr, sie war auch dement geworden, sie kam alleine in der Wohnung nicht mehr zurecht, sie war sehr krank geworden.

Mit meiner Freundin wurde es unerträglich, nur noch Beschimpfungen, nichts konnte man ihr recht machen, sie spielte weiter die ganze Nacht. Wenn ich Tagschicht hatte und aus dem Bett kam, saß sie oft noch mit einer Flasche Rotwein am Laptop und spielte, sie war total betrunken, sehr aufgedreht und aggressiv. Manchmal trank sie an einem Tag mehr als vier Flaschen des alkoholischen Getränks!

Wenn ich von der Arbeit kam, lag sie im Bett und schlief ihren Rausch aus, wenn ich sie dann so im Bett total betrunken liegen sah, nahm ich mir vor, dass ich unbedingt etwas unternehmen musste. Ich dachte mir, sie muss unbedingt aus meiner Wohnung, aber sehr bald. Ich nahm mir das fest vor, ich war nämlich mit meinen Nerven am Ende.

Es kam aber noch eine Steigerung! Ich ging wie so oft in die Nachtschicht, ich dachte mir nur, sie wird bestimmt wieder die ganze Nacht spielen und saufen. Ich fuhr wie üblich nach der Schicht nach Hause und wollte die Eingangstüre aufsperren, plötzlich flog die Haustüre auf und meine Freundin stand sehr wütend vor mir. Sie war total betrunken! Ich begriff sofort, sie muss wieder die ganze Nacht durchgemacht haben, sie war in einem manischen Zustand!

Sie schäumte vor Wut, sie hatte eine leere Rotweinflasche in ihrer rechten Hand und schrie mich sofort an: „Wo kommst du her, bei welcher Schlampe warst du, wo hast du dich die ganze Nacht herumgetrieben." Ich wollte mich verteidigen und erklärte ihr: „Dass ich nur in meiner Arbeit in der Nachtschicht war!" Sie glaubte mir nicht. Ich wusste nicht, was ich tun sollte, sie war total außer sich, sie war total manisch, aufgedreht, sie checkte überhaupt nichts mehr!

Wie ein Racheengel stand sie vor mir und plötzlich hob sie ihren rechten Arm an und schlug trotzdem, dass sie voll betrunken war, mit voller Wucht zu. Ich war natürlich total nüchtern und konnte reagieren. Wenigstens brachte ich meinen Kopf etwas auf die Seite, sie streifte aber trotzdem mein linkes Ohr und meine Schulter, ein höllischer Schmerz schoss durch meinen Schädel, sie wollte mich töten!

Ich spürte nur noch, wie über meine linke Gesichtshälfte Blut herunterlief. Danach schlug sie von unten noch einmal zu und traf mein linkes Knie, ein höllischer Schmerz schoss durch meinen Körper. Aber sie hörte nicht auf, wie eine wild gewordene Furie schlug sie noch einmal auf mich ein, ich glaubte, sie wollte mich töten, aber warum plötzlich, ich verstand es nicht, ich hatte ihr nichts getan, es gab keinen Grund?

Ich nahm ihr die leere Flasche ab und schob sie ins Wohnzimmer. Plötzlich nahm sie einfach irgendwelche Gegenstände in ihre Hand und fing an, sie auf mich zu werfen, dabei zerbrachen ein paar Fensterscheiben. Sie war zu einer Furie geworden, sie war nicht mehr zu bremsen!

Ich packte für mich ein paar Utensilien ein und fuhr auf den Campingplatz, wo mein Wohnwagen stand. Zu Hause hätte ich mal wieder kein Auge zugebracht. Vielleicht hätte sie mich im Schlaf getötet, wer weiß, was in ihrem kranken Hirn vorging. Unterwegs nahm ich mir noch ein paar Bier von einer Tankstelle mit, trank sie im Wohnwagen und überlegte, was als Nächstes zu tun sei und schlief danach ein paar Stunden!

Ich frühstückte, fuhr bei einem Glaser vorbei und danach bei der Polizei und erstattete eine Anzeige, wegen Sachbeschädigung und Körperverletzung. Jetzt zog ich mein Programm durch, danach fuhr ich in meine Wohnung und schaute nach dem Rechten, sie schlief natürlich noch.

Die Polizei war schon Vorort und sie hatten sich ein Bild von der Verwüstung gemacht. Sie hatten durch die demolierten Fenster hindurchgeschaut und alles fotografiert. Meine Furie schlief noch fest, sie bemerkte überhaupt nichts, von dem Besuch!

Ich kümmerte mich noch um einen Anwalt. Ich sprach mit dem Anwalt über mein Problem und er erklärte mir, ich müsste ihr mindestens drei Wohnungen heraussuchen und eine müsste sie dann annehmen. Sofort machte ich mich an die Arbeit, jetzt wollte ich sie ganz schnell loswerden. Ich wollte unbedingt weiterleben!

Später fuhr ich wieder in meine Wohnung, ich erzählte ihr natürlich nicht, dass sie zwei Anzeigen erhalten würde. Ich erzählte ihr, dass ich für sie ein paar Wohnungen herausgesucht hätte und zeigte sie ihr im Computer, sie wollte erst nicht, aber ich blieb hart und redete ihr gut zu, plötzlich gab sie doch nach. Sofort besorgte ich einen Termin bei einem Makler, damit wir ein bestimmtes Apartment besichtigen konnten, dass ihr doch letztendlich gefiel. Ich hatte Glück und die Miete passte ihr auch.

Gleich danach rief ich meinen Freund an, der einen größeren Anhänger besaß und er tat mir natürlich den Gefallen, dass ich ihn für einen Tag ausleihen konnte. Aber trotzdem musste ich mit ihr ausharren, aber ich machte es so, sie musste in den Wohnwagen umziehen und ich konnte ohne Angst in meine Wohnung zurückgehen und das Chaos aufräumen.

Aber am Tag, wenn ich in der Arbeit war, packte sie ihre paar Habseligkeiten in Kartons, sie besaß natürlich noch meinen Haustürschlüssel, den hätte ich ihr eigentlich abnehmen sollen, denn sie stahl ein paar Sachen von mir, einige nahm ich ihr sofort ab, aber ein paar Sachen vielen mir erst später auf. Also was war die Folge, ich musste wieder bei der Polizei vorbeischauen und eine erneute Anzeige aufgeben.

Aber trotzdem waren meine Nerven am Ende, ich musste mich natürlich am späten Abend rechtfertigen, warum ich nicht zu Hause war und mich nicht darum gekümmert habe, dass der Freund meiner Mutter noch nicht verschwunden war, kaum hatte ich ein Problem gelöst, kam schon das nächste wieder zurück.

Aber ganz hatte ich meine Freundin noch nicht los, ich musste erst den Umzug noch machen, aber das war mein kleinstes Problem, ich besorgte schnell den Hänger von meinem Freund und verstaute alle Sachen, die sie noch besaß und fuhr sie in ihre neue Wohnung, ich half ihr trotzdem noch die Habseligkeiten in ihre Wohnung zu bringen, ich sagte ihr nichts von den drei Anzeigen. Ich machte mir die Arbeit, denn ich wollte sicher sein, dass ich sie los bin!

Es dauerte auch nicht lange und sie bekam Besuch von der Polizei und sie gab bereitwillig meine Sachen heraus und so zog ich die Anzeige von Diebstahl zurück, aber die Anzeige von Körperverletzung und Sachbeschädigung hielt ich aufrecht. Ich holte meine Sachen bei der Polizei ab.

Jetzt hatte ich endlich meine Wohnung für mich, ich fuhr den Anhänger zu meinem Freund zurück und er war der Meinung, das müssen wir ausgiebig feiern in seiner Stammkneipe, das brauchte man mir in diesem Fall nicht zweimal zu sagen. Dieser Samstagabend wurde eine sehr lange Nacht.

Bald danach verkaufte ich meinen Wohnwagen, ich wollte kein Camping mehr machen, ich wollte nur noch meine Ruhe haben, aber das ging nicht, denn ich hatte immer noch Tante und Onkel, die mich fast jeden Abend plagten und nervten. Sie hatten mich bestimmt schon hundert Mal enterbt, ich fragte mich, wie lange soll das noch gehen? Mir ging es gar nicht gut, ich fühlte mich total ausgepowert.

Ich ging sehr viel an der Wertach entlang und traf einige Hundebesitzer und lernte später eine nette Frau kennen, sie besaß zwei größere liebe Hunde, wir kannten uns durch unsere vierbeinigen Lieblinge schon länger und so verbrachten wir sehr viel Zeit zusammen. Wir machten sogar einmal einen Urlaub zusammen am Bodensee.

Ein paar Monate später bekam ich einen Brief vom Gericht. Es war endlich so weit, meine ehemalige Freundin sollte ihre Strafe bekommen. Ich fuhr natürlich hin, sehnsüchtig erwartete ich den Beginn der Verhandlung. Alle warteten, der Richter, mein Anwalt und der Staatsanwalt, nur wer kam nicht? Es war meine Ex-Freundin, die Furie. Wir warteten sogar circa eine viertel Stunde länger, aber sie erschien nicht. Alles traute ich ihr zu, aber dass sie nicht zu ihrer Verhandlung erschien, das war schon eine gewisse Frechheit, das hätte ich nicht erwartet.

Bevor sich der Richter entfernte, fragte ich ihn höflich, was denn jetzt mit ihr passieren würde. Er antwortete bereitwillig: „Bei nicht erscheinen ist die Regel, dass sie automatisch die Höchststrafe bekommt und die Kosten für die Verhandlung übernehmen muss, es könnte, für sie sehr teuer werden, außer sie wäre in einem Krankenhaus und könnte sich aus gewissen Gründen nicht abmelden."

Ich dachte mir dabei, wäre sie ins Bezirkskrankenhaus eingewiesen worden, dann hätte sie einen Betreuer und der hätte sich darum gekümmert und die Verhandlung wäre verschoben worden. Die Antwort reichte mir, sie wird ihre Strafe bekommen und seitdem sah ich sie nie mehr, ich weiß auch nicht, was aus ihr geworden ist und wie es ihr heute geht?

Natürlich habe ich kurz darauf mit meiner Frau telefoniert und habe ihr die gute Nachricht berichtet. Meine Frau war sehr erleichtert, dass ich mich von dieser Freundin getrennt habe und sie endlich in ihrer eigenen Wohnung lebte.

Sie freute es auch, dass sie von mir eine Anzeige bekommen hatte, aber dass sie nicht zu ihrer Verhandlung gekommen ist, das fand sie schon etwas seltsam.

Aber ich würde behaupten, egal, ich habe diese Geschichte hinter mir! Ich besuchte bald darauf meine Ex-Frau und wir verstanden uns daraufhin wieder etwas besser, der Besuch hatte uns beiden sehr gutgetan!

Kapitel 10

Mein Totalausfall!

Ein paar Wochen später spürte ich, dass es mir immer schlechter ging, ich konnte nicht mehr, jede Arbeit war mir zu viel. Am Abend zerfiel ich in Selbstmitleid, ich trank immer noch sehr viel Bier. Ich tröstete mich beim Trinken, ich weiß, das sollte man nicht tun, aber in diesem Fall, war mir das total egal!

Ich wollte nicht mehr unter Leute gehen, ich ging nur noch zum Supermarkt und besorgte mir eine Kleinigkeit zu Essen und natürlich etwas zu Trinken. In der Frühe war dann der große Katzenjammer, ich hatte große Mühe aufzustehen und in die Arbeit zu gehen. Ich spürte, dass ich sehr krank war, ich spürte, dass ich immer mehr abstürzte!

Plötzlich kam der Tag und ich war nicht mehr fähig in die Arbeit zu gehen, mir ging es richtig dreckig. Ich wollte es aber nicht wahrhaben, aber es war so. Sofort fragte ich mich, das kann es nicht sein, ich habe doch immer funktioniert, ich habe immer alles gemacht, egal wie lange der Arbeitstag war, ich war immer für alle da? Ich habe immer jede Aufgabe gemeistert, auch wenn ich am Abend Bier getrunken habe, das hatte ich einfach weggesteckt. Ich erschrak über mich selbst und fragte mich, das bin doch nicht ich? Was ist mit mir los?

Meine damalige Freundin meinte daraufhin, du hast
dich über die Jahre übernommen, dein Körper hat dir
ein Warnsignal geschickt, auf das musst du jetzt hören,
du brauchst Hilfe, du musst zum Arzt gehen. Ich
machte sofort einen Termin bei meiner Hausärztin und
die hörte sich meine Geschichte an und erklärte: „Dass
ich einen Burnout habe und ich noch eine weitere Hilfe
brauche, sie schreibt mich sofort krank und gibt mir
eine Überweisung mit." Ich erschrak, denn ich wollte
nicht ins Bezirkskrankenhaus, ich wollte nicht
eingesperrt werden, ich wollte nicht stationär
aufgenommen werden.

Plötzlich fiel mir eine Ärztin in der Ambulanz ein,
diese Psychiaterin hatte meine Frau jahrelang
behandelt, vielleicht kann ich mich ihr anvertrauen.
Gleich am nächsten Tag nahm ich mir das vor.

Als ich bei der Psychiaterin war, erklärte sie mir, dass
sie mich nicht behandeln darf, weil sie meine Frau als
Patientin hatte, sie kenne eine gute Kollegin und
versicherte mir, dass ich nicht stationär aufgenommen
werde.

Ein paar Minuten später konnte ich zu der Kollegin in
ihren Besprechungsraum gehen, sie war wirklich nett,
aber trotzdem war ihre erste Frage, die oft meiner Frau
gestellt wurde und somit jetzt auch mir, haben sie
Suizidgedanken? Das konnte ich mit ruhigem
Gewissen mit einem „nein" beantworten. Sie wollte
meine ganze Vorgeschichte hören und warum ich zu

ihr gekommen bin. Ich erzählte ihr, die Geschichte von meiner Frau, meiner manischen Freundin, dass sich der Alkoholkonsum zu meinem Erschrecken gesteigert hat und dass ich zu keiner Arbeit mehr fähig und dazu total unkonzentriert bin. Dass ich mich so nicht kenne und ich nicht mal mehr fähig bin, Briefe zu lesen und zu beantworten, es fällt mir alles sehr schwer!

Ich ließ noch ein paar Untersuchungen über mich ergehen, wie Blut abnehmen, danach verschrieb sie mir Tabletten. Ich protestierte sofort, aber sie sagte, das seien keine Tabletten für Depressionen, wie Tavor, das sind Tabletten, die wieder aufbauen sollen. Ganz traute ich der Sache nicht, aber was sollte ich machen. Eine Aufgabe gab sie mir mit, ich sollte zu einer Selbsthilfegruppe für Alkoholiker gehen, ich dachte mir, das tue ich wirklich und schaue mir so eine Gruppe an.

Meine neue Freundin war auch dafür, dass ich alles durchziehen sollte und half mir bei der Suche für eine Interessengemeinschaft der Anonymen Alkoholikern, ich fuhr hin und meldete mich an und ging sofort beim ersten Termin hin. Ich war neugierig, was ich beim ersten Treffen zu hören bekomme.

Ich staunte, wie viele Leute dort erschienen und vor allem wesentlich viele junge Menschen. Als wir saßen, eröffnete der Vorsitzende die Versammlung. Einer nach dem anderen erzählte seine Geschichte, warum er erschienen ist. Was die Leute alles berichteten, schockte mich, ich kam mir, als wäre ich ein Waisenknabe. So hörte ich, dass ich noch sehr wenig trank, als die meisten Personen, die hier anwesend waren. Einige tranken 2 Flaschen Schnaps und dazu noch eine Kiste Bier, zu meinem Erstaunen, es waren auch Frauen anwesend. Was nicht heißen sollte, dann kann ich weiter trinken, ich wollte nicht so werden, wie diese Leute!

Sie brachten überhaupt nichts mehr fertig, Familien wurden durch den hohen Alkoholgenuss zerstört, Frau und Kinder litten darunter. Das war für mich eine Lehre, so wollte ich nicht werden, einige besaßen keinen Führerschein mehr oder hatten einen schweren Unfall verursacht. Ich nahm mir sofort vor, soweit wollte ich auf keinen Fall abstürzen!

Was mich dazu schockte, viele waren in einem Fußballverein und tranken nach jedem Training oder Spiel, sehr viele und wurden dadurch abhängig. Es waren auch arme Menschen dabei, sie haben noch viel mehr verloren, Familie, Haus, Arbeit und sind dadurch fast auf der Straße gelandet, eine absolute Tragödie!

Ich ging einige Wochen dort hin und horchte mir alles neugierig an, als ich meine Geschichte erzählte, horchten alle mir gespannt zu und waren der Meinung, dass es der richtige Zeitpunkt wäre, das Leben zu ändern, um ganz von vorne anzufangen, bevor ich wirklich total abrutsche.

Diese vielen tragischen Geschichten gingen mir sehr unter die Haut, sie haben mir sehr zu denken gegeben. Dadurch habe ich es aber geschafft, meinen Bierkonsum so einzuschränken, dass ich damit zufrieden sein konnte, das war immerhin etwas. Aber das Schicksal meinte es mit mir noch immer nicht gut.

Ich verstand mich mit meiner neuen Freundin sehr gut, aber trotzdem waren wir zu verschieden und beendeten unser Verhältnis. Wir wollten aber weiterhin Freunde bleiben und uns gegenseitig helfen, sowie unterstützen!

Mir ging es nicht gut, ich war am Abend allein Zuhause und trank ein Bier und wollte danach schlafen gehen, mir war es darauf sehr schwindlig und mir wurde richtig schlecht, ich musste erbrechen, es kam nur Blut, die Füße gaben nach, ich fiel auf den Boden.

Ich riss mich zusammen und krabbelte irgendwie zum Telefon. Gott sei Dank telefonierte ich vorher mit meiner Freundin und deswegen war sie anscheinend schnell am Apparat. Sie besaß noch meinen Wohnungsschlüssel und war ein paar Minuten später bei mir. Ab diesem Zeitpunkt bekam ich nichts mehr mit, ich war bewusstlos, nur was sie mir später erzählte!

Ich wachte auf einer Intensivstation auf, ich wusste erst gar nicht, was los war, wie ich hierherkam und warum? Bis ein Arzt zu mir kam und erzählte: „Dass ich ein Magenloch hatte und sie mich wiederbeleben mussten, ich hatte sehr viel Blut verloren und sie mussten mir eine Bluttransfusion geben." Ich war sehr geschockt, ich wusste nichts mehr. Ich konnte mich nur vage daran erinnern, dass ich mich übergeben hatte. Dann war ein tiefes Loch, nur dass ich in dieser Zeit etwas erlebte, das nicht meine Welt war, aber an etwas Genaueres, konnte ich mich auch nicht erinnern, ich weiß nur, dass es sehr schön wahr?

Ich spürte, dass in mir etwas anders war, ich war eigentlich nicht glücklich, dass ich noch am Leben war. Ich wollte wieder zurück, wo ich das Schöne erlebt hatte, genau in die Zeit, in der ich nicht bei Bewusstsein war. War ich tot, was war mit mir in dieser Zeit vorgegangen, wo ich nicht in dieser Welt war?

Ich wusste, das konnte mir niemand beantworten, was auf der anderen Seite, so würde ich es bezeichnen, vorgegangen war? Ich sagte ihm nur, dass ich eigentlich nicht glücklich bin, dass ich gerettet wurde. Er schaute mich erschrocken an und meinte daraufhin, es geht einigen Patienten so, die wiederbelebt wurden, aber das gibt sich mit der Zeit, sie müssen fest daran glauben und irgendwann finden sie das Leben wieder schön. Nur ich konnte nicht daran glauben und wusste das geschehene richtig einzuordnen!

Er fragte mich noch, ob ich Schmerzmittel eingenommen hatte. Ich musste zugeben, dass ich jeden Tag furchtbare Kreuzschmerzen bekam und ich jeden Tag einige starke Schmerzmittel einnahm. Der Arzt fragte mich, ob ich Magentabletten dazu einnahm? Nein, musste ich zugeben und das war ehrlich geantwortet.

Der Arzt war geschockt, er erklärte mir, dass man unbedingt bei solchen Hämmern, Magenfilm Tabletten einzunehmen hat, so ist es kein Wunder, dass ich ein Magenloch bekommen habe. Nur, das eine wusste ich, mir wurden nie Magentabletten dazu verschrieben und ich wurde nie danach gefragt!

Nach ein paar Tagen wurde ich wieder auf die normale Station verlegt. Nur besaß ich noch die Klamotten, die ich zu Hause getragen hatte, bis jetzt hatte mich noch kein Mensch besucht, das ist mir sofort aufgefallen. Hatte es niemand bemerkt, dass ich im Krankenhaus war? Sehr betroffen war ich darüber, ich sollte immer für alle da sein, nur wenn ich jemand benötige, dann war ich vergessen!

Ich rief meine Freundin an und sie brachte mir das Nötigste, auch ein paar frische Klamotten. Ein paar Infusionen musste ich noch über mich ergehen lassen, als die Flaschen abgenommen wurden und keine mehr bekam, hielt mich nichts mehr im Bett und ich stand auf und ging an die frische Luft. Auf mein Zimmer zurückgehen wollte ich eigentlich nicht mehr. Von Tag zu Tag wurden meine Spaziergänge immer länger und ausgedehnter. Ich fühlte mich im Park, in der schönen Natur sehr wohl.

Bei meinen großen Spaziergängen, ging mir mein komplettes Leben durch den Kopf, ich ging alles noch einmal durch und ich überlegte mir, wie ich mein zukünftiges Leben vorstelle, ich wollte mich von meinen Verwandten und anderen Menschen nicht mehr so gemein schikanieren lassen. Ich wollte nur noch, mein eigenes Leben führen, vielleicht mit einer anderen lieben Frau?

Ich war kaum mehr auf meinem Zimmer, es war Sommer und ein schönes, warmes Wetter, ich war nur noch unterwegs. Natürlich, wenn Visite war, musste ich anwesend sein. Ich spürte, dass es mit mir aufwärts ging und meine Entlassung sehr nahe war.

Nach über einer Woche auf der normalen Station ließ sich meine Mutter mit ihrem Freund blicken und brachte mir ein paar frische Klamotten. Ich war sehr froh darüber, aber genauso enttäuscht, dass ihr Freund sie drängen musste, mich einmal zu besuchen kommen.

Ich wollte selbst nicht viel Besuch, aber frische Klamotten hätte ich eigentlich etwas früher gebraucht. Wenn meine Freundin nicht gewesen wäre, hätte ich immer noch die gleichen Klamotten an. Das vergesse ich ihr nie, dachte ich mir!

Ein paar Tage später konnte ich entlassen werden, ich musste nur noch zu einer ambulanten Magenspiegelung und hier stellte sich heraus, dass alles in bester Ordnung war. Ich musste zwar etwas mit dem Essen aufpassen und mich jede Woche im Bezirkskrankenhaus bei meiner Ärztin melden.

Natürlich war ich weiterhin krankgeschrieben, ich hatte immer noch keinen Antrieb, das Magenloch hatte mich mit dem Burnout wieder zurückgeworfen, ich war wieder ganz am Anfang, mein Erlebnis in der Bewusstlosigkeit hatte einen sehr großen Anteil.

Vielleicht war es auch, weil ich eine Bluttransfusion brauchte. Ich kann nichts behaupten, was ich nicht beurteilen konnte. Der Arzt im Klinikum hatte natürlich der Ärztin im Bezirkskrankenhaus einen ausführlichen Bericht geschrieben und sie wusste von meinem Erlebnis in der Bewusstlosigkeit und dass ich eigentlich wieder gerne dahin zurückkehren wollte.

Die erste Frage war natürlich, ob ich Suizid gefährdet war, das war ich wirklich nicht, aber trotzdem wollte ich dahin. Ich versuchte ihr mein Gefühl zu erklären und sie erklärte, dass mein Leben sehr wahrscheinlich nicht mehr so sein würde, als es einmal war. Das hatte ich schon gespürt, als ich nach der Operation erwachte. Ich erklärte der Psychiaterin, dass ich eines versuchen werde, dass ich sehr viel in die Natur hinausgehen werde.

Meine ehemalige Freundin war damals nicht gut zu Fuß, sie hatte eine Knieoperation hinter sich und konnte mit ihren zwei lieben Hunden nicht ausgiebig hinausgehen, das war genau das richtige für mich.

Jeden Tag ging ich mit den beiden Hunden, ich kannte sie sehr gut und waren auch zwei ganz liebe. Ich lief sehr lange mit ihnen an einem Fluss entlang und sie liefen ganz brav neben mir und später spielte ich sehr ausgiebig mit ihnen. Die Hunde waren zufrieden und ich fühlte mich gleich um einiges besser.

Ich spürte, mir tat es richtig gut und bei jedem Spaziergang überlegte ich mir von Neuem, was ich diesmal ändern werde und dass ich das fortführe, was ich mir schon im Krankenhaus ausgedacht hatte. Ich wollte unbedingt gesund werden und in mein altes Arbeitsleben zurückkehren. Mit jedem Tag und jedem Spaziergang kam ein bisschen mein Leben wieder zurück.

Ich ging noch ein paar Mal zu den Anonymen Alkoholikern und so konnte ich meinen Alkoholkonsum auf einem normalen Level halten. So nahm ich mir vor, dass ich den nötigen Antrieb bekomme, dass ich wieder in mein geregeltes Leben zurückkehre und in die Arbeit gehen kann und meine Leistung bringen kann. Ich wollte wieder der Alte werden, aber keine Maschine mehr sein, ich musste unbedingt lernen auch mal nein zu sagen.

Das war auch ein Thema bei meiner Ärztin in der Ambulanz und sie schlug vor, dass ich mir einen Psychologen suchen solle, bei ihm eine Therapie durchziehe und gerade das Thema muss bearbeiten werden. Ich suchte sofort und fand einen geeigneten Therapeuten, die Kosten übernahm die Krankenkasse.

Jede Woche musste ich einmal erscheinen, die Gespräche und die Therapie taten mir gut, aber oft lag es an mir, das Umzusetzen war sehr schwierig, an dieser Therapie. Ich war absolut kein Neinsager, ich konnte niemanden etwas abschlagen. Aber viel später kam dann doch der Punkt, wo es sich bemerkbar machte, dass sich die Therapie für mich gelohnt hatte.

Ich führte jede Woche eine Stunde lang viele Gespräche mit dem Psychologen und er erkannte sofort meine Schwächen. Soviel ich weiß, hatte er meine Psychiaterin im Bezirkskrankenhaus kontaktiert und wusste sehr viel von mir. Trotzdem hatte er noch andere Schwächen von mir erkannt und meinte, hier müssen wir unbedingt daran arbeiten.

Jede Therapiestunde gab er mir immer eine andere Aufgabe mit, an der ich arbeiten sollte. Es dauerte ein gutes Viertel Jahr und ich spürte einen Erfolg. Ich wurde selbstbewusster und ich konnte mich wehren.

Denn ich besaß noch immer meine Gegner, Tante und Onkel, die nicht aufgaben mich zu schikanieren, wegen Mutters Freund. Es hörte einfach nicht auf und ich fragte mich oft, nervt ihnen, das selbst nicht? Mich mehrmals die Woche anzurufen und zu beschimpfen. Sie mussten sich doch blöd vorkommen, fast immer das Gleiche hinaus zu plärren.

Ich ließ sie nur noch reden und hörte überhaupt nicht mehr zu, ich fand es lächerlich und dachte mir, ich kann die alten Leute nicht mehr ändern und sie ändern mich jetzt auch nicht mehr!

Die Psychotherapie hatte ich erfolgreich durchgezogen und meine Ärztin im Bezirkskrankenhaus wollte, dass ich zu einer Reha fahre, zuerst wollte ich nicht, aber mit einem guten Zureden stimmte ich doch zu, sofort begann sie alles anzuleiern und ein paar Wochen später kam eine Zusage.

Ich hätte nie geglaubt, dass ich so schnell von einem Rehazentrum eine Zusage bekam. Wahrscheinlich spielte, dass ich auf einer Intensivstation war, eine große Rolle und so wurde alles beschleunigt. Ich war zwar noch nie auf einer Reha oder Kur, aber irgendwie war ich neugierig darauf. Was solls, ich war Solo und brauche niemand eine Rechenschaft ablegen, dachte ich?

Aber es war nicht so, ich hatte nicht an meine Verwandten gedacht.

Kapitel 11

Mein Onkel stirbt!

Mein nächstes Problem bahnte sich noch vor meiner Reha an. Mit meinem Onkel ging es sehr gesundheitlich bergab, der Krebs war sehr aggressiv, es war ein sogenannter Asbestkrebs, er zerfiel von Tag zu Tag sichtlich, angeblich arbeitete er in seinen jungen Jahren, täglich mit diesem Stoff.

Innerhalb kurzer Zeit starb mein Onkel, jetzt war meine Tante alleine. Meine Mutter kümmerte sich nicht um sie. Nicht einmal eine Nacht hielt sie für nötig, ihrer Schwester Beistand zu leisten. Dafür bleib eine Freundin von ihr ein paar Tage bei meiner Tante. Ich muss zugeben, das war von meiner Mutter schon etwas übel.

Das gab natürlich wieder böses Blut in der Familie, ich bekam es wie immer später zu hören, dass nur der Freund meiner Mutter daran schuld gewesen sei. Somit bin ich der einzige Schuldige, weil ich ihn nicht zum Teufel geschickt hatte.

Die Folge war, wie immer stand mein Telefon nicht still, jeden Tag erfand sie irgendetwas, dass ich zu ihr kommen musste, sie war wie meine Mutter total hilflos. So fand ich heraus, alles hatte mein Onkel für sie gemacht, sogar den kompletten Hausputz, Fenster putzen, Wäsche waschen und bügeln, kochen, backen, sogar Brot backen.

Meine Tante musste die Königin gewesen sein, sie musste nur eine Dame gespielt und befohlen haben, er war nur der Knecht! Das bekam ich auch am Sterbebett bei meinem Onkel mit, hier hatte sie ihn genauso behandelt, sozusagen, so einen armen Hund würde sie nie mehr heiraten, ich war total geschockt und gewarnt zugleich.

Kurz vor der Reha bekam ich von ihr noch zu hören: „Ich kann doch nicht auf eine Reha fahren, wenn sie alleine ist, sie braucht mich jetzt, ich muss immer für sie da sein, rund um die Uhr, ich bin jetzt ihr Untertan und habe zu tun, was sie von mir verlangt!" Als ich das zu hören bekam, schrillten bei mir sämtliche Alarmglocken, das konnte ich nicht zu lassen!

Ich erzählte natürlich alles meinem Therapeuten und er fragte mich, ob ich noch nichts gelernt hätte? Ich musste zugeben, ich hätte sofort Kontra geben müssen und sie belehren, ich habe mein eigenes Leben und das muss ich jetzt komplett neu auf die Reihe bringen!

Der Therapeut war entsetzt, dass ich nicht sofort etwas dagegen unternommen habe und ein Untertan für sie sollte ich auf keinen Fall werden. Ein paar Reparaturen und ihr mal hier und da behilflich sein, das ist normal, aber ein Knecht für sie sein, das kam auf keinen Fall infrage!

Ich hielt mich an die Regeln, die mir der Therapeut stellte, ich machte für sie nur ein paar Reparaturen und verließ danach sofort wieder ihre Wohnung. Aber sie erfand immer wieder neue Reparaturen, die ich zu machen hätte, aber ich machte es nur, wenn ich genügend Zeit zur Verfügung hatte. Das passte ihr natürlich überhaupt nicht und fauchte mich jeden Tag aufs Neue an.

Sie erfand wieder eine neue Schikane, wir waren zu einem Essen eingeladen. Der Freund meiner Mutter war nicht eingeladen, aber er hielt sich nicht daran und ging einfach mit. So gab es von vornherein wieder böses Blut, ein Streit war vorprogrammiert und ließ nicht lange auf sich warten! Am liebsten hätte ich sofort, dass Lokal verlassen, ich konnte diese Kindereien nicht ertragen!

Der Freund meiner Mutter bekam sehr böse Sachen an den Kopf geworfen und die meines Erachtens überhaupt nicht stimmten. Sie wollte sogar ihm eine Ohrfeige geben, ich wusste zu dieser Zeit nicht, warum der Mann nicht da sein sollte, er war ein herzensguter Mensch. Als wir später das Lokal verließen, schlug meine Tante ihrer Schwester die Hand ins Gesicht. So brutal, dass die Brille zerbrach. Der Streit war am Höhepunkt. Mit großer Überredungskunst schaffte ich es, den heftigen Streit vorerst zu schlichten, was sich aber später, als zwecklos herausstellte!

Ich musste die hysterische Tante noch nach Hause fahren, da fauchte sie mich an, ich müsse mich entscheiden, wer meine Mutter sei, sie wäre eigentlich meine Mutter, ich müsse für sie immer da sein. Ich müsse mich sofort entscheiden, sie oder meine Mutter. Natürlich entschied ich mich für meine Mutter, das passte ihr natürlich überhaupt nicht. Beim Aussteigen enterbte sie mich wieder! Nichts anderes hatte ich erwartet!

Ich begriff nicht, wie sie auf so eine blöde Idee kam, aber ich erfuhr es noch zu einem späteren Zeitpunkt. So hoffte ich, dass somit dieser ekelhafte Punkt abgehackt war, aber es war nicht so? Nur fand ich es toll, dass ich es nicht mehr so in mich hineinfraß und schnell mich auf meine Angelegenheiten konzentrierte. Ich erzählte natürlich es später meiner Mutter und ihrem Freund, sie waren sehr entsetzt, aber nicht überrascht!

Ich konzentrierte mich jetzt auf meine Reha, ich wollte unbedingt hin und mir helfen lassen. Fit werden war meine Devise. Inzwischen ging ich wieder in mein Fitnesscenter und trainierte. Langsam wollte ich auch hier wieder in mein altes Trainingspensum kommen und vielleicht mich sogar etwas steigern.

Hier spürte ich, dass ich weit von meinem alten Pensum entfernt war. Ich freute mich aber trotzdem, dass ich wenigstens wieder den Mumm hatte, wieder hierherzukommen und was schön daran war, ich traf

alte Bekannte und so machte das Trainieren umso mehr
Spaß!

Weil ich das wieder geschafft hatte, spornte mich das
an, mich an meine ganzen Regeln zu halten, die ich mir
selbst gestellt hatte und ich fühlte mich besser, ich
fühlte, in mir kam das Leben wieder zurück und ich
wollte mehr.

Ich wollte wieder einen eigenen Hund, ich wollte
wieder mit meinem Hund hinaus, Gassi gehen.
Deswegen freute ich mich, dass ich auf eine Reha kam,
weg, in eine andere Umgebung. Weg, von allen meinen
Problemen. Weit weg, von meiner blöden
Verwandtschaft, die mich nur nervte. Ich hatte es
begriffen, dass meine eigene Familie mich krank
gemacht hatte!

Ich war noch weiterhin krankgeschrieben, in meine
Arbeit konnte ich noch nicht gehen, ich fühlte mich
noch immer nicht fit genug. Aber ich nahm mir vor,
dass ich kurz nach der Reha eine Wiedereingliederung
durchziehe und danach regelmäßig meiner Arbeit
nachgehen werde.

An das Erlebte vor meiner Wiederbelebung erinnerte
ich mich nach wie vor, oft dachte ich in der Nacht
daran, wenn ich nicht gleich einschlafen konnte. Dann
sah ich immer noch ein paar Bilder, wie in einem Film
vor mir ablaufen, aber ich konnte nicht genau
erkennen, was sich genau abspielte. Ich konnte nicht

erkennen, was es genau war, aber ich wusste, es war real. Ich fragte mich immer wieder, was war das, was ich gesehen habe? Es war so schön!

Aber noch weitere Fragen beschäftigten mich, hatte ich in dieser Zeit es genauer gesehen und erlebt. Weiß mein Unterbewusstsein, was ich genau erlebt habe und warum, weiß ich es dann jetzt nicht mehr? In diesem Leben werde ich es nicht mehr sehen und erleben, da war ich mir sicher. Aber irgendwann werde ich es noch einmal erleben?

Seit diesem Vorfall hörte ich nur noch wenig von meiner Tante. Nur wenn sie wirklich kleinere Reparaturen hatte, die sie nicht erledigen konnte. Ich war sichtlich froh, dass ich in dieser Hinsicht meine Ruhe bekam, ich konnte es gar nicht glauben, dass ich es geschafft hatte. Ich konnte tief durchschnaufen und meinen Neuanfang weiter durchziehen und planen!

Trotzdem hatte ich mit mir immer noch kleine Probleme, mit denen ich immer noch kämpfte, vor allem am Abend, wenn ich alleine zu Hause war. Ich wollte noch immer ein paar Bier mehr trinken, als mir eigentlich guttat! Ich wollte das nicht, trotzdem hatte ich an einigen Abenden einen Rückfall, aber am nächsten Morgen sagte ich mir immer wieder, das darf nicht wieder vorkommen, sonst schaffe ich mein vorgenommenes Programm nicht.

Bei meiner ambulanten Psychiaterin konnte ich das letzte Mal hingehen, sie war mit meiner Therapie, die ich durchgezogen hatte, zufrieden, ich konnte jetzt auch die Tabletten absetzten.

Als ich das Bezirkskrankenhaus verließ, dachte ich mir, jetzt will ich endlich dieses Krankenhaus nie mehr von ihnen sehen, das war hoffentlich der allerletzte Besuch!

Kurz darauf hatte ich meinen letzten Termin bei meinem Psychotherapeuten. Auch hier hoffte ich, dass ich ihn nie mehr brauchen werde. Ich hoffte, dass ich alles, was ich von ihm gelernt hatte, auch richtig nützen konnte und nicht wieder in mein altes Fahrwasser zurückkehre. Denn, das würde meine weibliche Verwandtschaft schnell ausnützen, in diesem Punkt war ich mir hundert Prozentig sicher! Dann falle ich vielleicht noch viel tiefer!

Die Zeit verging und die Reha rückte näher und ich musste mich entscheiden, ob ich mit dem Auto hinfahren will oder mit einem Zug fahren soll. Ich entschied, dass ich mit dem Auto fahren werde. Denn ich wollte beweglich sein und ich bekam von einigen Bekannten zu Ohren, dass die meisten Rehazentren außerhalb einer Ortschaft gebaut wurden, damit man in der Klinik bleiben muss.

Ich war sehr neugierig, wie die Reha sein wird, was wird alles auf mich zukommen? Was wird alles gemacht? Wird alles danach besser sein? Kann ich danach wieder meiner Arbeit nach gehen, bin ich dann wieder fit genug?

Aber ich hatte noch ein Problem, was packe ich alles in meinen Koffer, ich war noch nie auf einer Reha oder Kur, ich las noch einmal meine Unterlagen, die ich zugeschickt bekam und hier standen schon einige Sachen drin, die ich einpacken musste, dass andere war dann für mich ein leichtes Spiel.

Meiner Tante gefiel es immer noch nicht, dass ich auf die Reha fahre, das interessierte mich überhaupt nicht. Ich sollte nach wie vor ihr Untertan sein, einfach in meine Arbeit gehen und die Reha absagen. Ich dachte mir: „Ich muss jetzt meinen Weg gehen und an meine Gesundheit denken."

Zu ihr sagte ich es so, dass ich von ihr schon mindestens 100 Mal enterbt wurde und nur Drohungen erhielt und ob ich noch einmal enterbt werde, auf das kommt es nicht mehr an. Ich will kein Untertan sein und ich werde keinen Untertanen machen. Deswegen mache ich trotzdem, was ich will, fertig und vor allem, was mir guttut!

Danach hörte ich bis zu meiner Reha nichts mehr von ihr, sie wünschte mir auch keine schöne Zeit auf der Reha und keine gute Besserung, nichts kam von ihr herüber. Ich war wie immer der Bösewicht der Familie!

Kapitel 12

Die Reha!

Schnell hatte ich meinen Koffer und weitere Utensilien im Kofferraum verstaut. Es war doch mehr als ich dachte, was ich verstauen musste, denn es waren mindestens 4 Wochen, die ich mit meinen Klamotten auskommen musste.

Ganz gemütlich machte ich mich auf die Fahrt, ich wollte keinen Stress aufkommen lassen, denn ich fuhr eigentlich zur Erholung hin, aber trotzdem waren es ein paar Stunden Fahrt nach Bad Bocklet, es war ein kleiner Kurort in der Nähe von Bad Kissing, ich freute mich schon darauf.

Mit meinem Navigationsgerät hatte ich das Kurheim schnell gefunden, ich meldete mich an und bekam sofort ein Einzelzimmer zugewiesen, es war ein schönes gemütliches Zimmer. Ich räumte gemütlich meine Utensilien in den Kleiderschrank. Später hatte ich noch ein Gespräch mit einem Arzt, der natürlich von meiner Erkrankung alles genau wissen wollte. Ob ich Suizidgefährdet sei, fragte er mich auch, aber das konnte ich mit ruhigen Gewissen verneinen.

Danach meinte mein zugewiesener Arzt, dass ich keine Diätkost benötige, in meinen Unterlagen stand, dass ich aufgebaut werden müsse. Ich wog durch meine Krankheit nur noch 65 Kilo, so durfte ich Essen, so viel wie ich wollte, das hörte sich schon mal gut an. Aber ich sollte viel Sport machen, ich sollte auch die ganzen Wanderprogramme mitmachen und sie boten ein Raucher-Entwöhnung-Seminar an, es wäre gut, wenn ich mich dort anschließen würde!

Ich wollte nicht gleich zustimmen, aber ich antwortete ihm ausweichend, ich würde mir es gut überlegen, ich wollte auf jeden Fall es nicht sofort durchzuziehen, ich war noch nicht bereit dazu, ich wollte mich erst eingewöhnen und alles gelassen anschauen und durchprobieren.

Später bekam ich einen Tagesplan für die erste Reha-Woche, ich war erstaunt. Jeder Tag war vollkommen ausgefüllt mit verschiedenen Anwendungen, es war nicht viel Zeit dazwischen, sich lange auszuruhen und um einen Kaffee zu trinken oder eine zu rauchen. Aber ich ließ es auf mich zukommen. Morgen in der Früh nach dem Frühstück ging es um 8 Uhr los.

Schnell lernte ich ein paar Leute kennen, wegen meiner Sucht, das Rauchen, fand ich schnell Anschluss und bekam ein paar Bekannte, mit denen ich meine Freizeit verbringen konnte und vor allem wussten sie, wo wir hingehen und etwas unternehmen konnten, das war schon das erste schöne Erlebnis.

Schnell hatte ich herausgefunden, wo ich meine Zigaretten und Bier einkaufen konnte, denn Bier und Zigaretten einkaufen im Aufenthaltsraum ging ganz schön ins Geld, so taten wir uns zusammen und fuhren mit einem Auto zu einem Supermarkt, er war einige Kilometer entfernt, dort konnten wir unsere Utensilien günstiger einkaufen. Natürlich gab es auch ein paar Frauen, sie waren nicht so beweglich und besaßen kein Auto, natürlich nahmen wir sie mit und lernten uns so etwas besser kennen.

Draußen auf dem Gelände gab es einen überdachten Platz, dort trafen sich den ganzen Tag etliche Raucher, hier lernte ich immer neue Leute kennen und im obersten Stockwerk, gab es einen Raucherraum, hier traf ich mich öfters am späten Abend regelmäßig mit ein paar Bekannten, hier rauchten wir und tranken zusammen ein Bier und unterhielten uns.

Nach ein paar Tagen hatte ich schon einige Bekannte kennengelernt und wusste, wie ich meine Freizeit verbringen konnte, wir konnten kegeln und am Wochenende spielte eine kleine Band. Ich konnte dort mit einer Bekannten tanzen oder ich verbrachte den Abend mit ein paar Freunden im obersten Stockwerk im Raucherraum.

Immer hatte einer eine Idee, wie wir unsere Freizeit verbringen konnten und ich konnte endlich total abschalten, ich dachte keine Minute mehr, an mein zu Hause, an meine Verwandte und meine Probleme, die mich krank gemacht hatten.

Untertags ging ich schnell von einer Anwendung zur anderen, aber ich konnte behaupten, die Anwendungen taten unheimlich gut, ich fühlte mich von Tag zu Tag wohler und mit den Sportgeräten lief es auch immer besser.

Ein oder zweimal am Tag hatte ich doch eine kleine Pause für einen Kaffee und einer Zigarette und ich konnte ein paar Minuten mit meinen Bekannten plauschen. Mein Zimmer hatte ich eigentlich nur zum Schlafen, nicht einmal zum Fernseher schauen kam ich, denn ich war den ganzen Tag bis zum Schlafengehen unterwegs.

Es war kein Stress, im Gegenteil, es war am Abend gemütlich, ich konnte mich hinsetzen und mit ein paar Freunden mich austauschen, ich hatte endlich genügend Zeit dafür. Ich brauchte nicht auf die Uhr zu schauen und musste mir überlegen, habe ich für die Hausarbeit noch genügend Zeit, schaffe, ich das noch?

Diese Zeit mit Gesellschaft genoss ich und es tat mir gut, ich war nicht mehr ein einsamer Roboter, der nach einem genauen Zeitplan lebte und ein Untertan war ich erst recht nicht. Das schwor ich mir, dass ich so etwas nicht mehr zuließ, so wollte ich nicht mehr leben.

Nach ein paar Tagen hatte ich sogar an bestimmten Fitnessgeräten den Mumm Fleißaufgaben zu machen, ich konnte wieder länger Fahrrad fahren oder auf einem Crosstrainer laufen. Wahrscheinlich hat sich auch das

Training im Fitnesscenter bemerkbar gemacht, ein paar Mal konnte ich auch ein paar Wanderungen mitmachen und auch da lernte ich ein paar neue Bekanntschaften kennen. Die meisten Leute im Reha-Zentrum kannte ich inzwischen, ich hatte immer eine Unterhaltung, das kannte ich früher überhaupt nicht.

Als ich einmal wieder beim Rauchen draußen stand, fragten mich ein paar Bekannte, ob ich auch Lust hätte dem Raucher-Entwöhnung-Seminar mitzumachen, sie wollen sich das anhören, sie wollen es schaffen aufzuhören und melden sich an, ich schaute sie an und wusste eigentlich nicht, was ich darauf sagen sollte.

Eigentlich wollte ich aufhören, aber ich wusste nicht, ob ich es schaffen würde, denn irgendwie war ich noch nicht richtig bereit dafür. Aber ich sagte mir, ich bin dann nicht allein, vielleicht schaffe ich es dann leichter aufzuhören in einer netten Gemeinschaft und wir meldeten uns gemeinsam an.

Ich wusste, das Rauchen aufhören, wird für mich nicht ganz einfach werden, denn ich rauchte seit meinem siebzehnten Lebensjahr, dazwischen hab ich einmal 10 Jahre aufgehört und hatte leider wieder angefangen, als meine Frau ihren ersten Selbstmordversuch durchgezogen hatte. Aber trotzdem kam ich auf circa sechsunddreißig Jahre qualmen. Kann man nach so vielen Jahre einfach aufhören zu rauchen? Diese Frage ging mir immer wieder durch den Kopf, aber trotzdem sagte ich mir, wenn ich es nicht versuche, weiß ich es nicht, ich ziehe es einfach durch!

Ich ging ein paar Tage später mit ihnen zu dem Kurs und hörte mir alles an, was sie zu sagen hatten. Eigentlich hörte sich alles ganz leicht an, was sie berichteten, aber das Umsetzen war etwas anderes. Ich sollte jedes Mal, wenn wir wieder zu diesem Seminar kamen, berichten können, dass ich etwas weniger rauchte, leichter gesagt als getan. So kam ich mit einer Frau ins Gespräch, die auch eine Leidensgenossin dieses Seminars war und das Rauchen aufhören wollte.

Wir trafen uns jeden Tag und unternahmen auch am Abend etwas zusammen, so stellte sich heraus, dass sie die gleiche Leidenschaft hatte wie ich, Hunde! Das gefiel mir sehr. Sie hatte ihre Lieblinge sogar dabei, sie besaß zwei Pudel-Mischlinge, die sie im selben Ort bei einem älteren Ehepaar untergebracht hatte und sie konnte ihre Hunde trotzdem jeden Tag abholen und mit ihnen spazieren gehen.

Es waren zwei ganz liebe Mädchen, ich verstand mich sofort mit ihnen und habe sie schnell in mein Herz geschlossen. Jeden Abend liefen wir mit ihnen zusammen eine große Gassi Runde, am Sonntag fuhren wir zusammen mit ihren Hunden in eine Nachbarstadt Bad Kissing und bummelten durch die Promenaden und Parks und lernten uns so immer besser kennen.

Es war für mich ein ganz anderes Leben, ich fühlte mich richtig wohl, ich spürte, ich lebe wieder. Es dauerte nicht lange und wir verliebten uns, denn ich erfuhr von ihr, dass sie auch allein war! Sie hatte ihren Mann vor ein paar Jahren durch eine sehr schwere Krankheit verloren und ich war geschieden! Also was hinderte uns daran, zusammen zu sein und uns verband noch eine andere Liebe, das war, zu den kleinen Vierbeinern!

Nur hatten wir noch ein anderes Problem, wir wohnten gute zweihundertfünfzig Kilometer auseinander. Aber ich schwor mir, das sollte kein Hinderungsgrund sein, uns zu sehen und eine schöne Zeit miteinander zu verbringen.

Wir verbrachten jede Minute, die wir gemeinsam frei ohne Anwendungen waren zusammen und gingen gemeinsam immer weiter zu dem Raucherseminar, aber wirklich helfen konnte uns der Kurs nicht, wir rauchten zwar weniger, aber aufhören konnten wir beide nicht. Es war doch sehr schwierig, aber wir sagten uns aufgeben wollen wir nicht, wenigstens hatten wir eines erreicht, dass wir wesentlich weniger rauchten, also war der Besuch des Seminars doch ein kleiner Erfolg und das dazu noch, dass wir uns kennengelernt hatten!

Später an einem Wochenende besuchten ihre Kinder sie und so lernte ich auch einen Teil ihrer Familie kennen und der erste Eindruck war sehr gut und machte mich neugierig, diesen Teil ihres Lebens näher kennen zulernen. Denn wie schon beschrieben, zu meiner Familie hatte ich keinen großen Bezug mehr. Meine neue Freundin gefiel es sehr gut, dass ich mich mit ihnen gut verstand und von ihren Kindern war nichts einzuwenden und ihre Mutter war wieder glücklich!

Aber irgendwann ging die Zeit, des Reha-Aufenthaltes zu Ende und meine Freundin hatte noch eine Woche Aufenthalt und so beschloss ich kurzerhand, dass ich einfach ein Zimmer in dem Reha-Zentrum buchte, dass konnte ich machen, da ich schon lange keinen Urlaub mehr gemacht hatte und mich so gut erholen konnte, zog ich das durch.

Ich fuhr aber trotzdem nach Hause, denn ich brauchte dringend frische Klamotten und musste auch einmal nach meiner Wohnung schauen und eine ganze Menge Post hatte ich auch bekommen. Also beantwortete ich die Post oder heftete sie ab und schaltete schleunigst die Waschmaschine ein, packte meinen Koffer neu und tankte mein Auto voll. Denn ich wollte schnell wieder bei meiner neuen Liebe sein, alles war schnell vorbereitet!

Ich hatte keinen Gedanken mehr, an das, was ich früher erlebt hatte, nicht einmal in der Nacht, ich träumte auch nicht mehr davon, ich hatte nur noch einen Gedanken und Traum, das war meine neue Liebe und ihre beiden kleine Pudel-Mischlinge.

Als ich dann wieder zu dem Reha-Zentrum fuhr, kam mir die Strecke wesentlich länger vor, denn ich wollte schnell wieder bei ihr sein, deswegen konnte ich nicht so entspannt fahren.

Als ich bei ihr angekommen war, hatten wir eine ganz herzliche Begrüßung und wir freuten uns, dass wir auf jeden Fall noch eine Woche jeden Tag zusammen sein konnten.

Wenn sie Untertags ihre Anwendungen durchziehen musste, beschäftigte ich mich mit ihren Hunden, wir freundeten uns in dieser Zeit wesentlich mehr an, sie freuten sich überschwänglich, wenn ich sie abholte und wir konnten dann lange zusammen spielen.
Stundenlang lief ich mit ihnen spazieren, aber auch ihr Frauchen kam jeden Tag dazu, wenn es die Zeit erlaubte.

Diese Woche war eine sehr schöne Verlängerung, aber wir wussten, dass auch diese Zeit schnell vorübergehen würde und dass ich bald wieder einen Versuch unternehmen musste, in die Arbeit zu gehen. In dieser Woche planten wir schon, dass ich sie, in ihrem Zuhause am Wochenende besuchen kommen werde.

Ende dieser Woche war die schöne Zeit vorüber, ich musste nach Hause und meine Freundin wurde von ihrer Tochter abgeholt und fuhr ebenso in ihre Heimat. Jeden Tag telefonierten wir und sie freute sich auf ein nächstes treffen bei ihr Zuhause.

Vieles hatte ich noch zu erledigen, ich konnte dann eine Wiedereingliederung machen und ganz klein anfangen. Ich konnte mir viel Zeit lassen und von Woche zu Woche steigern. Ganze sechs Wochen dauerte die Wiedereingliederung, ich muss zugeben, ich kam mir anfangs wie ein Fremder vor, es war für mich, als wäre ich ein totaler Neuling.

Denn es waren immer immerhin acht Monate, die ich in meiner Arbeit fehlte, es war richtig komisch, als ich meinen Arbeitsplatz betrat. Ich hatte auch den Glauben, dass ich in dieser Zeit vieles verlernt hätte, aber das war Gott sei Dank eine Täuschung, ich war schneller in dem alten Trott, als ich es gedacht hatte!

Die Wiedereingliederung konnte ich in einer Tagschicht machen, aber dann musste ich wieder nur noch Nachtschicht arbeiten, nur wenn Ferienzeit war, konnte ich Tagschicht arbeiten, es ging wieder der ganz alte Trott weiter, nichts hatte sich geändert. Nur, dass ich spürte, in der Nacht zu arbeiten, fiel mir noch schwerer, als vor meiner Krankheit. Es kam wie früher, so um zwei oder drei Uhr, hätte ich auf der Stelle einschlafen können und so um fünf Uhr, war ich dann wieder Top fit.

Ich hatte den Schlaf übergangen, ich duschte mich ab, zog um 5,30 die Stempelkarte durch und fuhr direkt nach Hause, machte ein Bier auf, trank einen Schluck und klappte das Laptop auf und schaute noch ein wenig ins Internet.

So um 7,00 rief ich dann meine Freundin an, sie war schon auf, denn sie musste mit ihren Lieblingen Gassi gehen. Sie freute sich immer, wenn ich anrief und meine Schicht zu Ende war und das Wochenende näher rückte. Wir redeten meistens, so eine viertel bis eine halbe Stunde, danach legten wir auf und für sie ging erst richtig der Tag los und für mich begann so zu sagen die Nacht, ich ging hellwach ins Bett.

Meistens konnte ich nur noch bis ca. 13 Uhr schlafen, dann war für mich die Nacht herum! Ich fand keinen Schlaf-Rhythmus mehr, ich versuchte alles, aber es half eigentlich nichts, selbst mein Bier half nicht mehr richtig, im Gegenteil. Es wurde durch die Nachtschicht in der Früh wieder etwas mehr, aber eigentlich wollte ich es verhindern, dass sich der Alkoholkonsum wieder steigerte. Aber ich wollte wenigstens ein bisschen Schlaf.

Ich wusste nicht mehr, was ich in diesem Sinne ändern konnte. Ich sprach auch mit meiner neuen Freundin darüber, aber sie wusste auch nicht gleich einen guten Rat! Aber ich wusste es muss sich unbedingt etwas ändern, in diesem Punkt, da war ich mir hundert Prozentig sicher!

Kapitel 13

Mein neues Leben!

Eine Woche nach der Reha fuhr ich zu meiner Freundin, sie wohnte in einem kleinen Ort, in der Nähe von Bayreuth, in einem Reihenhaus mit einem großen Garten. Es war eine sehr schöne Gegend. Da wunderte es mich nicht, dass es den kleinen Pudel-Mischlingen so gut ging, sie konnten hinausspringen, wann sie wollten. Die Beiden besaßen ihr eigenes Reich.

Meine Freundin brauchte nur aus dem Haus gehen, alles um das Haus herum war grün, grüne Wiesen, Wald, nur grüne Natur, einfach herrlich, aber sehr bergig. Wer nicht gut zu Fuß ist, tut sich sehr schwer in dieser Gegend und auf ein Auto ist man auch angewiesen. Der Bus nach Bayreuth ging nur zweimal am Tag.

Ich fühlte mich dort sichtlich wohl, es war sehr ruhig, dort fühlte ich mich richtig wohl, ich blieb natürlich das ganze Wochenende dort, ihre Tochter kam uns besuchen und so lernten wir uns besser kennen. Aber ein Wochenende war zu kurz und ich musste schon am Sonntag wieder nach Hause fahren.

Jeden Freitagnachmittag fuhr ich, in diesen Wochen, in der ich eine Wiedereingliederung machte, gleich nach der Arbeit zu ihr und am Sonntagabend wieder zurück. Aber auch diese Zeit verging sehr schnell.

Danach musste ich wieder normal Arbeiten und das hieß Nachtschicht, ich konnte so und so nicht gleich schlafen und so entschied ich mich, ich fahre sofort, wenn ich Feierabend habe, zu ihr und schlafe mich dann bei ihr aus.

Um diese Zeit war auch weniger Verkehr, ich konnte zügig ohne Hindernisse durchfahren. Meine Freundin trank in der Früh dann einen Kaffee und ich konnte mein Bier vor dem Schlafengehen trinken. Am Anfang verstand sie nicht, warum ich um diese Zeit ein Bier trank, bis ich ihr erklärte, dass für mich eigentlich Abend ist und nach dem Bier gehe ich ins Bett.

Es war eine verdammt schöne Zeit, ein paar Mal kam sie auch zu mir und blieb auch eine längere Zeit bei mir, es gefiel ihr hier sehr gut, denn sie hatte viele Geschäfte und Supermärkte in ihrer Nähe. Sie konnte diese besuchen und dort einkaufen und das Beste war, sie brauchte keine Steigungen hochlaufen. Sie war in fünf Minuten an einer Straßenbahnhaltestelle, denn sie konnte kein Auto fahren, denn sie besaß keinen Führerschein, auch heute nicht.

Dafür hatte sie drei Kinder groß gezogen und früher war es so, für einen zweiten Führerschein war kein Geld vorhanden, der Mann besaß einen und das musste für eine große Familie ausreichen.

Das wichtigste war für sie, ich besaß auch einen schönen Garten, die Hunde hatten diesen gleich für sich eingenommen und fühlten sich wohl. Auch konnte sich meine Freundin mit anderen Nachbarn anfreunden, die meisten besaßen natürlich auch Hunde, das war für sie sehr wichtig!

Sie besaß alles, was sie benötigte und sie blieb immer länger bei mir. Bis sie nach circa 1,5 Jahren ihre Wohnung aufgab und ganz zu mir zog. Jetzt hatte ich meine Freundin bei mir und hatte es so, wie ich es mir vorgestellt hatte. Ich habe mit großer Überzeugung die Frau gefunden, mit der ich alt werden will!

Aber trotzdem spürte ich jeden Tag, dass ich mein Leben noch nicht so eingestellt hatte, dass ich sagen konnte, ich habe meinen Burnout komplett überwunden. Auch meine Freundin spürte es, dass ich noch immer kämpfte meinen Alltag und meine Arbeit zu meistern. Ich war noch immer nicht der Alte!

Meine Freundin beobachtete mich und war nach einiger Zeit der Meinung, ob ich nicht mit meiner Arbeit, etwas kürzertreten sollte, ich habe doch schon lange genug Nachtschicht gearbeitet, ich solle doch meinen Chef fragen, ob ich nicht in einer anderen Abteilung unterkommen könnte, in der ich nur noch Tagschicht arbeiten könnte, dass, was ich in der Nachtschicht mehr verdiene, brauchen wir nicht unbedingt, deine Gesundheit ist wichtiger, ich spüre, die Nachtschicht belastet dich immer mehr.

Sie hatte recht, ich war in die Jahre gekommen und war über fünfzig Jahre alt. Jetzt bemerkte ich, dass jedes weitere Jahr Nachtschicht, immer mehr eine immense Belastung für mich wurde. Ich steckte es nicht mehr so einfach weg, weil es keine normale Arbeitszeit war.

Schlafen konnte ich nicht mehr normal und wenn ich Aufstand, brauchte ich stundenlang bis ich einigermaßen zu mir kam und klar denken konnte. Ich musste erst ein paar große Tassen starken Kaffee in mich hineinschütten, bis mich endlich meine Freundin ansprechen konnte und etwas erklären oder mit mir etwas unternehmen konnte. Es half nichts, auch wenn ich mich vor der Arbeit noch eine Stunde lang machte. Wir versuchten einiges, aber nichts half wirklich!

Darum war meine Freundin zu einem Entschluss gekommen, dass diese Art zu arbeiten, nichts mehr für mich war, das würde ich nicht mehr lange durchstehen und ich wäre dann richtig krank, auch körperlich.

Dass sie recht hatte, spürte ich! Meine Freundin hatte mich richtig beobachtet und drängte mich jeden Tag, dass ich das durchziehe und mit meinem Chef darüber spreche.

Ich war in der Gewerkschaft und besprach alles erst mit meinem Betriebsrat und der überraschte mich angenehm und war der Meinung, unser Chef liebäugelt gerade, dass er in Rente gehen will und so wäre es für mich ein guter Zeitpunkt, mit ihm darüber zu sprechen, er hat bestimmt nichts dagegen, wenn ich mich verändere aus gesundheitlichen Gründen, denn man weiß nie, wie ein neuer Chef über dieses Thema reagiert.

Danach sprach ich erst mit meinem Meister darüber, er war nicht gerade erfreut darüber, aber konnte mich trotzdem verstehen und ermutigte mich, mit dem Chef darüber zu reden, gerade eben jetzt und er meinte, gut das ich ihn informiert habe, denn er kann sich somit rechtzeitig überlegen, wen er von den jungen Leuten ansprechen kann, ob sie in diese Abteilung gehen und Nachtschicht arbeiten wollen! Ich war jetzt schon etwas erleichtert und war frohen Mutes meinem Chef gegenüber zutreten und machte sofort einen Termin bei ihm.

Es dauerte keine paar Tage und ich wurde in sein Büro eingeladen, wir kannten uns schon sehr lange, 20 Jahre war er mein Chef und er wusste von meinem früheren Problem. Durch Zufall, wie das Leben manchmal so spielt, er saß in der gleichen Straßenbahn, wie ich und meine Ex-Frau. Genau in diesem Moment bekam sie ausgerechnet ihren Anfall, ich habe mich vor meinem Chef geschämt, aber er hatte diese Angelegenheit nie erwähnt, deswegen wusste er genau, was ich früher durchgemacht hatte.

Ich erklärte ihm mein Anliegen, vor allem, dass ich aus gesundheitlichen Gründen die Nachtschicht nicht mehr vertrage. Er fragte mich nur noch einmal, ob mir bewusst sei, dass ich ab diesem Zeitpunkt etwas weniger verdiene und wollte nur noch etwas genauer die gesundheitlichen Gründe erläutert haben.

Danach lächelte er und antwortete mit den Worten: „Man wird nicht jünger, sie haben die letzten Jahre viel durchgemacht und darum verstehe er es. Er wird sich sofort darum kümmern und wird es den Meistern übergeben, sie sollen sich darum kümmern, dass ich einen geeigneten Arbeitsplatz bekomme."

Total erleichtert verließ ich das Zimmer von meinem Chef und ich wusste, dass ich das richtige für meine Zukunft getan hatte, obwohl mir meine Freundin den richtigen Anstoß gab.

Natürlich musste ich zu Hause alles genau berichten, sie freute sich für mich! Obwohl, sie hatte auch ihre Gründe, warum sie die Tagschicht besser fand für mich. Sie wusste genau, warum ich das durchziehen sollte?

Denn sie hatte auch ihre Vorteile, sie konnte ihre Hausarbeit, wenn ich schlief, nicht so durchziehen, wie sie wollte, sie konnte keinen Staubsauger, Waschmaschine oder etwas anderes Lautes einschalten, oder sie passte auf, dass ihre Hunde nicht bellten. Egal, jetzt brauchte sie auf nichts mehr achtgeben und hatte

ihre Ruhe und ich konnte endlich in der Nacht besser
schlafen.

Wer denkt, jetzt wäre alles gelöst, dem war nicht so,
jeder Mensch der Jahrzehnte Nachtschicht gearbeitet
hat, weiß was jetzt kommt. Ich konnte nicht so einfach
ins Bett gehen und schlafen, in mir war immer noch die
Nachtschicht und das konnte ich nicht so einfach
ausknipsen.

Meine Frau rief mich ins Bett zu gehen und ich spürte
sofort, ich war noch hellwach, obwohl ich den ganzen
Tag gearbeitet hatte, ich brachte eine Ewigkeit kein
Auge zu. Ich trank ein Bier, ich konnte trotzdem nicht
schlafen, ich ging zum Kühlschrank, naschte etwas,
ging ins Bett und konnte trotzdem nicht gleich
einschlafen.

Am Anfang stand ich in der Nacht öfters auf, ich war
in der Früh total gerädert. Aber trotzdem fühlte ich
mich etwas besser, als wenn ich nach einer
Nachtschicht aufstand und eine Ewigkeit brauchte, bis
ich zu mir kam.

Ich wünschte mir, ich könnte ganz normal wie viele
Menschen einfach ins Bett zu gehen und ein paar
Minuten später einschlafen. Aber ich musste mir
eingestehen, es war jetzt nur noch mein einziges
Problem, ich fühlte mich nicht mehr so schwach und
ausgelaugt wie früher, ich konnte meiner Arbeit

nachgehen. Aber ich hoffte, dass ich mich bald daran gewöhnen könnte, nachts durchschlafen zu können.

Die Wochen vergingen, ich ging meiner Arbeit nach und ich konnte immer besser schlafen, aber irgendwie spürte ich, dass ich diese Schichtarbeit nicht ganz aus meinem Körper herausbrachte, auch die Zeit mit meiner Ex-Frau war noch in mir, jedes Geräusch, das in der Nacht war, ließ mich noch oft aufhorchen und ich war für ein paar Minuten hellwach.

Warum konnte ich die Zeit nicht einfach streichen, was mich immer wieder tröstete, ich war nicht der einzige Mensch, der mit solchen Problemen kämpfte. Der Alltag spielte sich auch besser ein, ich konnte endlich sagen, ich hatte ein geregeltes Leben und was in der Zeit noch sehr schön war.

Wir heirateten standesamtlich und ich hoffe, nach wie vor, dass wir recht lang zusammen durchs Leben gehen können und gesund bleiben. Wir wollen zusammen alt werden und unseren vierbeinigen Freunden ein schönes Leben schenken!

Aber die Zeit blieb nicht stehen und etliche Monate vergingen und mit der Zeit wurde mein Schlaf besser und ich konnte durchschlafen. Meine Frau hatte sehr großen Anteil daran, dass es mir in dieser Hinsicht wieder besser ging. Es gab zwar immer wieder gewisse Momente, da meldete sich wieder die Nachtschicht und das Verhalten in der Nacht von meiner Ex-Frau!

Kapitel 14

Der Tod von Mutters Freund!

Ein neues Problem bahnte sich an. Dem Freund von meiner Mutter ging es immer schlechter, plötzlich baute er sehr schnell ab. Ein Mann, der sonst so körperlich fit war, bekam Wasser in die Beine und er litt an Lungenkrebs.

Was ich damals nicht wusste, er hatte den Krebs schon länger in sich und wollte ihn nicht operieren lassen, denn er war schon in einem gesegneten Alter. Mit siebenundachtzig Jahren wollte er sich nicht mehr operieren lassen, was ich gut verstehen konnte.

Er legte sich einfach ins Bett, aß und trank nichts mehr und starb ein paar Tage später. Er wollte niemanden zur Last fallen, er wollte nicht lange gepflegt werden. Es war nicht seine Art, denn er war sein Leben lang immer Herr der Lage, er war der Macher, er hatte sich immer um alles gekümmert. Man muss eingestehen, selbst in seinem Alter, konnte er noch sehr viel selbst erledigen.

Unsere kleine Hündin starb und am selben Tag verstarb auch Mutters Freund, unsere kleine Nelli hatte ein sehr vertrautes Verhältnis zu Mutters Freund, wollten die beiden zusammen bleiben. Es war ein sehr seltsamer Tag, wir mussten von zwei Geliebten,

Mensch und Hund Abschied nehmen. Wir wussten gar nicht, wie uns war. Ein sehr seltsamer Tag?

Aber worauf ich hinaus wollte, natürlich wurde meine Mutter wieder sehr anhänglich, sie konnte meine Frau und mich total terrorisieren, aber was mir auffiel! Ich konnte es wesentlich besser verarbeiten, mich nervte es nicht mehr, ich besaß keine Gewissensbisse mehr, dass ich zu wenig getan hatte.

Meine Mutter sollte das Haus ihres Freundes wegen Erbschaftsangelegenheiten vier Wochen nach seiner Beerdigung verlassen, aber sie machte absolut keine Anstalten etwas zu packen und das Haus zu verlassen. Sie besaß noch ihre eigene Wohnung und meine Frau und ich wollten ihr helfen, bei ihrem Umzug, aber sie stellte sich total quer.

Sie packte nichts zusammen, sie meinte anscheinend, ich habe unendlich viel Zeit für den Umzug. Meine Frau und ich, mussten für sie alles alleine zusammen packen und ins Auto schaffen, schon nach der ersten Fuhre wollte sie sich lieber mit uns in ein Café sitzen und ratschen und es sich gemütlich machen. So schafften wir pro Tag meistens nur ein bis zwei Fuhren in ihre Wohnung zu bringen.

Es war ein absolutes Nervenspiel, wir machten Mutter immer wieder darauf aufmerksam, dass seine Tochter sie noch aus dem Haus werfen wird, aber das ignorierte sie total und meinte, das wird sie bestimmt nicht tun, wir haben noch viel Zeit, es ist so schön, so können wir jeden Tag ins Café gehen, das ist doch viel wichtiger, man muss sich doch auch einmal entspannen können.

Sie versprach mir wieder eine sehr große Geldsumme, wenn ich ihr bei ihren Erbschaftsangelegenheiten half. Daraufhin erfuhr ich, dass ich damals, als ich meine Wohnung kaufte, niemals hätte heiraten dürfen. Ich hätte mich immer um meine Mutter und Tante kümmern müssen.

Wenn ich eine Frau habe, dann hätte ich nie Zeit für sie. Ich hätte mir nur ein kleines Apartment kaufen sollen, ohne Garten und Hund, denn so hätte ich mehr Zeit für sie. Eine Freundin hätte ich mir immer nur kurz gönnen dürfen. Wenn sie ein Kind geboren hätte, also einen Nacherben, dann hätte ich sie zum Teufel jagen müssen und für das uneheliche Kind zahlen müssen.

Eine Frau hätte ich mir im Alter so zusagen kaufen können, wenn sie, Mutter und Tante, nicht mehr am Leben sind! Wie stellen sich die Frauen das vor? Ich war mal wieder total geschockt. Bin ich nur geboren worden, um ihr Leibeigener zu sein. Darum hatte meine Tante das Wort Untertan für mich, dann könnten sie auch Knecht sagen. Ich sagte mir daraufhin, jetzt erst recht, lebe ich mein eigenes Leben!

Jetzt war mir klar, auch meine Mutter sollte nie einen Freund haben, sie sollte immer für meine Tante da sein, jeder Mann wäre nicht willkommen gewesen, egal wer es gewesen wäre, es war nicht persönlich gemeint. Deswegen war er nie geduldet, er war nur im Weg!

Meine Mutter hätte für sie immer bereit sein müssen, der ganze Mist ist von meiner Tante ausgegangen. Damit hatte sie mir etliche Jahre von meinem Leben versaut, weil ich früher zu gutmütig zu ihr war. Jetzt wusste ich genau, wie ich mich zu verhalten hatte.

Kurz nach unserer Hochzeit gingen schon die ersten Streitereien los. Ich wurde beschimpft, weil meine Frau nie einen richtigen Beruf erlernt hatte, das war ich persönlich schon länger gewöhnt, weil ich keinen Dr. Titel besaß. Deswegen war ich für sie kein Mensch, nur ein Untertan, weil ich nur in Anführungszeichen einen Facharbeiterberuf erlernt hatte!

Für sie begann nur ein richtiger Mensch mit einem Studium oder Gymnasium. Aber, als sie noch auf die Kinder meiner Frau losging, weil sie auch nicht ihren Anschauungen nach, den richtigen Beruf erlernt hatten, wurde ich richtig sauer und erklärte ihr sehr böse meine Anschauung.

Sie hörte nicht auf, mit ihren Sticheleien in die Familie von meiner Frau und sie beschimpfte sie persönlich am Telefon, dass sie besser in ihrer Heimat geblieben wäre, denn sie gehöre nicht in unsere Familie. Ich ließ mir den Hörer von meiner Frau geben und sagte ihr noch einmal meine Meinung und jetzt bekam ich noch einmal zu hören, was ich schon von meiner Mutter zu hören bekam.

Ich hätte nie heiraten dürfen, erst wenn ich alt bin und eine Frau, die mich pflegt, benötige. Bis dahin bekäme genügend Geld von ihnen, damit ich mir eine Frau kaufen könnte. Ich glaubte, ich hörte nicht richtig und ich schrie in den Hörer, ich heirate, wann und wen ich will und vor allem, wen ich liebe!

Daraufhin fauchte sie mich sehr böse an, wenn ich mich nicht von meiner Frau trenne, sie taugt so und so nichts und ihre Kinder auch nichts, dann bin ich enterbt, du bist selbst schuld, wenn du kein Erbe bekommst, man braucht heute keine Frau, Hauptsache man besitzt viel Geld!

Wie oft hatte ich, das schon gehört, bestimmt schon hundert Mal. Ich schrie ins Telefon, ich bin schon so oft enterbt worden, dann haben wir uns nichts mehr zu sagen und knallte den Hörer auf die Station, damit das hässliche Gespräch zu Ende war. Ich fühlte mich jetzt viel wohler, aber von der großen Aufregung schwitzte ich. Endlich war es, aus mir heraus, was ich schon lange ihr an den Kopf werfen wollte! Ich hörte von meiner Tante nie mehr etwas, es war auch gut so, denn es gab mit ihr nur großen Ärger!

Meine Frau war stinksauer auf sie, aber sie war sehr
froh, dass ich mit ihr den Kontakt abgebrochen habe.
Sie hätte nie geglaubt, als sie meine Tante
kennengelernt hatte, dass sie so gemein zu ihr werden
könnte. Ich erzählte schon öfters von meiner Tante, wie
sie wirklich war, sie glaubte mir nicht und jetzt hatte
sie lautstark den Beweis bekommen.

Natürlich war ich jetzt in der ganzen Verwandtschaft
der böse Bube, ich war das schwarze Schaf der
Familie, der nie das tat, was von der Familie verlangt
wurde. Ich verstand nur ihre Logik nicht. Meine Mutter
und Tante durften heiraten, meine Mutter durfte sogar
ein Kind gebären, mich durfte sie bekommen!

Warum durfte ich keine Frau haben und keine eigenen
Kinder haben? Sie besaßen eine Familie und ich sollte
nur Mutter und Tante als Familie haben, waren die
beiden Frauen etwas Besseres, als ich? Was ich noch
hinzufügen muss, wenn Vater und Onkel noch leben
würden und gesund wären, hätte es diesen ganzen
Affenzirkus nie gegeben. Von meiner Mutter hatte ich
nach ihrer Erbschaft, nie das versprochene Geld
bekommen, denn ich war ja verheiratet.

Gott sei Dank hatte ich eine gute Therapie
durchgezogen und eine Frau, die voll an meiner Seite
stand. Den Egoismus von meiner Tante konnte ich
nicht teilen, ich wollte mein eigenes Leben besitzen.
Ich würde bestimmt wieder in mein altes Leben
zurückkehren und wieder krank werden und in ein

tiefes Loch fallen, das durfte ich nicht zulassen und das würde bestimmt meine Frau auch nicht zulassen.

Die richtige Entscheidung habe ich mit Sicherheit getroffen und werde es nie bereuen, dass ich ihr meine Meinung an den Kopf geworfen und keinen Kontakt mehr mit ihr habe.

Ab diesem Zeitpunkt lief alles besser, wir hatten viel mehr Zeit für uns, es gab niemand mehr, der Unruhe in unsere Zweisamkeit brachte. Natürlich wollte meine Frau, dass wir zu ihren Kindern fuhren, das machten wir natürlich, das war sehr schön. Deswegen entschlossen wir uns, dass wir einen Wohnwagen kauften und in der Nähe von ihren Kindern an einem sehr schönen gelegenen See abstellten und fast jedes Wochenende im Sommer hinfuhren.

Franken ist sehr schön, auch ein paar Wochen Urlaub machten wir dort. Ich hatte auch sehr viel Zeit, für mich, so konnte ich meinen Hobbys nachgehen und ich fing an Bücher zu schreiben und für meinen Hund hatte ich auch viel mehr Zeit. Dieses Leben entspannte mich sehr und ich fühlte mich sehr glücklich!

Ich merkte, dass ich zu meinem Glück nicht viel benötigte, eine gute Frau, eine Familie, einen Hund und einen Ort, wo ich mich entspannen und schreiben kann. Das ist alles, mehr brauche ich nicht!

Kapitel 15

Habe ich meinen Burnout überwunden?

Ich habe meiner Ansicht nach, sehr lange gebraucht, dass ich diese Krankheit komplett überwand, zu lange. Sehr lange musste ich über mich selbst nachdenken, bis ich verstand, was in meinem Leben falsch lief, zu lange zögerte ich, um fremde Hilfe anzunehmen.

Zu lange hatte ich an Menschen festgehalten, die meine Hilfe ausnützten und mich sogar unterjochen wollten. Meine damalige Frau schließe ich dabei aus, mit ihr konnte ich auch eine schöne Zeit verbringen und erst viel später ist sie krank geworden. Trotzdem habe ich nachgedacht und muss eingestehen, dass ich in dieser Zeit gewaltige Fehler machte. Ich hätte einmal an mich denken müssen. Vielleicht mir mal auch öfters eine Auszeit gönnen sollen und nicht immer, das tun, was von mir verlangt wurde. Die Scheidung hätte ich vielleicht etwas früher einreichen sollen.

Die Maschine hätte ich einfach ausschalten müssen, die in mir war. Nicht immer auf die Ärzte, Psychiater, Betreuer meiner Frau, ihre Eltern und so weiter, hören sollen und einfach widersprechen und zugeben, ich kann nicht mehr, ich muss mich auch einmal entspannen, aber das brachte ich nicht fertig.

Einfach zu gutmütig war ich, aber nicht zu mir, ich war zu mir zu hart, ich sagte nur immer zu mir, durchhalten, es wird bestimmt alles bald besser. Das wollte ich mir nicht eingestehen, dass ich Fehler machte. Ich dachte nur, ich muss alles richtig machen, damit es meiner Frau gut ging und sie irgendwann eine Möglichkeit besaß, gesund zu werden oder dass es ihr besser geht und ohne ein Bezirkskrankenhaus leben kann!

Nie und nimmer hatte ich geglaubt, dass ich mich selbst in Gefahr bringe und abstürzen könnte! Nie habe ich daran gedacht, dass ich selbst krank werden könnte! Ich kann immer rennen und helfen, brauche keine Pause und ich kann durchhalten, ich bin ein harter Kerl. Das dachte ich, das war mein allergrößter Fehler!

Auf die Anzeichen hatte ich nie geschaut, die sich irgendwann bemerkbar machten, ich schob sie immer auf die Seite und dachte mir, das wird schon wieder, es vergeht schon wieder, es ist nicht so schlimm.

Aber mein Körper und Geist zeigte es mir, dass ich zu lange mich überstrapazierte, dass ich zu oft über das Limit hinausgeschossen bin. Erst jetzt, nachdem ich abgestürzt war, hatte ich es kapiert. Dass ich anders leben muss und das funktioniert, es geht auch langsamer, ich habe jetzt Zeit mich zu entspannen! Warum hatte ich, dass nicht früher gemacht?

Sicher muss man seiner Frau helfen, so gut es geht, aber nicht so, dass man dabei selbst krank wird, das hätte sie bestimmt auch nicht gewollt? Ich würde es natürlich wieder tun, aber ich würde es etwas anders angehen und besser auf mich achten, vielleicht wäre dann alles etwas anders verlaufen!

Die Geschichte mit meiner manisch-depressiven Freundin hätte nicht passieren dürfen, es war schon sehr komisch, sie hätte mich nie kennenlernen dürfen. Aber meine Frau erzählte alles über mich und so wusste sie alles über mich.

Ich hatte selbst zu viele Fehler gemacht, sie hätte nie in meine Wohnung ziehen dürfen, das war mein größter Fehler! Hinterher würde man immer alles anders machen.

Ich hätte bemerken müssen, dass sie mich belog und ihre Krankheit verschwieg, in mir hätten alle Alarmglocken schlagen müssen, als ich sie im Bezirkskrankenhaus traf, dass mit ihr etwas nicht stimmte, aber ich war total blind, als ich sie das erste Mal sah.

Dazu kommt, ich hätte sie schon gleich aus meiner Wohnung schmeißen müssen, als sie ihre ersten aggressiven Anfälle bekam, die Nächte zum Tag machte, ihre Computerspiele spielte und sehr viel Wein trank und ich nicht mehr ruhig schlafen konnte!

Viel früher hätte ich reagieren müssen und nicht bis zum letzten Augenblick warten. Ich war in diesem Fall einfach zu gutmütig und dachte mir, das wird schon wieder gut werden, aber nein, es wurde alles nur noch schlimmer, ich sah einfach zu lange zu und machte mich selbst damit kaputt und zum Affen. Ich war in diesem Fall einfach zu blöd, aber warum?

Nur weil ich keiner Frau etwas zu leide tun konnte, ich konnte einfach nicht widersprechen, ich war nicht fähig ihr die Meinung zu sagen und mich endlich durchzusetzen. Sehr viel Ärger hätte ich mir erspart, aber irgendwie, sollte das alles so sein!

Mein zweiter Fehler war, dass ich selbst mehr Bier trank und mich mit in ihrem Sumpf hineinziehen ließ, ich spürte eigentlich, dass ich langsam abstürzte und tat nichts dagegen.

Warum ließ ich das alles zu, ich verstand mich selbst nicht. Ich denke, ich wollte ihr helfen und tat im Prinzip, genau das verkehrte und hatte somit fast mein eigenes Leben zerstört!

Im letzten Moment, als ich von ihr verprügelt wurde, zog ich erst die Reißleine, es war zwar noch nicht zu spät, aber ich war schon krank und schaffte es nicht mehr, mich aus meinem selbst erzeugten Sumpf herauszuziehen. Ich landete deswegen später auf einer Intensivstation.

Aber irgendwie sollte alles so sein, später kam ich auf die beschriebene schöne Reha, erholte mich und lernte meine Frau kennen und sie half mir in mein jetziges besseres Leben, vor allem in ein stressfreies Leben!

Bis zu diesem Zeitpunkt wusste ich gar nicht, was ich alles vermisste und nicht genießen konnte. Die ruhigen Momente, einmal auf die Terrasse sitzen und mit meiner Frau eine Tasse Kaffee trinken, mit unserem kleinen Hund spazieren gehen und spielen. Einen schönen Ausflug mit meiner kleinen Familie machen und essen gehen. Genau das, wofür früher keine Zeit vorhanden war. Natürlich alles ohne Personen, die uns früher nervten, für solche haben wir jetzt keine Zeit mehr!

Meine Frau lässt mir sehr viel Zeit etwas für mich zu machen, zum Beispiel mit meinem kleinen Hund spielen, etwas im Garten machen, Rosen veredeln oder ein ganz neues Produkt beginnen, ein neues Buch schreiben. Deswegen denke ich auch gar nicht mehr daran, an das Schöne auf der anderen Seite, als ich bewusstlos war.

Ich spüre wieder, dass mein Leben wieder vollkommen richtig ist, das Leben hat eine ganz andere Bedeutung bekommen und ist ruhiger geworden.

Jetzt kann ich die Tage zu meiner Rente zählen und hoffe, dass wir noch viele Tage zusammen genießen können!